集英社文庫

快楽の封筒

坂東眞砂子

快楽の封筒——目次

快楽の封筒

隣の宇宙

Elle savoure l'instant magique qui dure à l'infini.
彼女は永遠に繋《つな》がる魔法の瞬間を味わっていた

1

キャベツ畑は、四方を囲む建物に向かって、まだ生きているぞ、と叫んでいた。春の陽光を受けて整然と一列に並ぶ丸々と膨らんだ玉菜《たまな》は、生命そのものだった。マンションの四階の外廊下に立って、彰《あきら》はぼんやりと都内に残る最後の畑を見下ろしていた。

練馬《ねりま》大根で有名なこの地域には、かつては広大な畑が広がっていたはずだ。それが次第にマンションやアパートや新興住宅によって潰《つぶ》され、今では建物に囲まれた四角い畑しか遺されていない。遠くに視線を送ると、丘陵地に広がる建物群の狭間《はざま》に、畑や空地が種を蒔《ま》いたように点在している。豊饒《ほうじょう》なる自然の恵みを与えつづけてきた土地の残滓《ざんし》だった。

彰が廊下で立ち止まったのは、これが初めてだった。実際、この階にある五戸の家の誰一人、殺風景な廊下なんぞで足を止めたりはしない。しかし今朝、近くのコンビニで煙草を買って戻ってきた時、ふと部屋のベランダからとは違う景色を眺めつつ、煙草を吸いたくなったのだった。

手摺《てす》りに両肘《りょうひじ》をもたせかけたまま、彰は煙草を深々と吸って、吐きだした。煙が風に乗って流れていく。白っぽい市街地が朝の霞《かすみ》に滲《にじ》んでいる。遥《はる》か彼方に、天に口づけをするような富士山の頂《いただき》が見えた。爽《さわ》やかな朝の空気の中に、仄《ほの》かに緑の匂いを嗅いだ気がした。水色に澄みきった空。キャベツ畑を取り囲むマンションや古ぼけた家々。その向こうに横たわる都市の連なり。それらすべてから底知れぬ空虚感が放たれていた。

コッコッコッ。空虚さの中に小石を放りこんだように、階段のほうから靴音が聞こえた。彰は体は動かすことなく、目だけ階段のほうに遣《や》った。

セミロングの髪を無造作に束ね、白い薄手のセーターに、膝小僧の見える薄緑色のスカートを穿《は》いた細身の女の姿が現れた。

隣の女だ。

会社員の夫と幼稚園に通う娘がいる。このマンションに越してきて半年経つだけに、隣近所との交際がなくても、その程度のことは把握していた。

女は挨拶するでもなく、足早に彰の背後を通りすぎた。微かな女の体臭が風と共に過ぎていったと同時に、彰は首を巡らせた。

白いセーターを透かして、ブラジャーの紐《ひも》が見えた。

緑のブラだ。

彰は目を細めた。

娘を幼稚園にでも送っていっていたのだろう、女はバッグを持ち、少し息を切らせていた。一番奥のドアの前に立つと、肘に掛けたバッグから鍵を取り出した。ドアに鍵を差しこんだ弾みに、細い肩が斜めになり、癖のない髪の毛が白い頬にぱらりとかかった。透明感のある女だった。あまりに透明で、空気よりも清潔に思える。

ガチャッ。鍵の開く音が廊下に響いた。ドアを開けて中に入る直前、女は彰に視線を向けた。荒々しい欲望に、彰は全身を貫かれた。しかしそれに気づくより先に、一人の女の顔が脳裏に広がった。ちりちりした蜂蜜《はちみつ》色の金髪に縁取られた陶器のような頬。青い瞳に、いつも笑っているような大きな口をした女。

エリアン。

かつての隣人の思い出に圧倒され、彰は隣の女のことを一瞬、忘れた。

2

ドアが閉まったとたん、鏡子《きょうこ》の体から力が抜けた。まだ心臓がどきどきしている。隣の男。なんで、あんなところで、ぼさっと立っていたのかしら。

どういうわけか、見てもいないのに、男の引き締まった背中に刻まれた刺青《いれずみ》が頭に浮かんできた。腹立たしさと、反発と……魅力を感じた。

鏡子は靴と一緒に自分の気持ちを乱暴に脱ぎ棄《す》て、家に上がった。玄関からすぐに居間とダイニング・キッチンに続いている。カーペットの上には、娘の美加の人形や絵本、パジャマが散らかっていた。

まったく、もう六歳なんだから、自分のものは自分で始末してよね。

その場にはいない娘に向かって小言をいいつつ、鏡子は苛々《いらいら》と片づけはじめた。

パジャマを拾って子供部屋の衣装籠《かご》に置き、絵本を集めて本棚に入れる。夫の博重《ひろしげ》がばさばさにしていた新聞を畳み、肘掛け椅子の横に置かれた週刊誌をマガジンラックに押しこんだ。

管理人の稲村の妻、トヨは、四〇五号室に住む男は、週二日、広告会社で働いていたのを、つい最近、辞めたとかいっていた。まあ、奥さんが働いているからいいけど、と、トヨは、家主の代わりに家賃の心配をしているかのように付け加えたものだ。奥さん、とトヨはいっていたが、ほんとうは奥さんではなく、同棲しているのだと、マンションの皆が知っている。一階の郵便受けには、名字の違った男女の名が書かれている。子供もいない。

鏡子の手が、テーブルに置かれていたメンソール煙草に伸びた。肘掛け椅子に座りこみ、ライターで火をつけ、薄荷《はっか》の味のする煙を吸いこむ。

週二日だけでいい会社なんて、あるのかしら。広告会社に勤めていたって、ほんとかしら……。

あの男、まだあそこにいるかもしれない。

鏡子は空想の中で玄関に戻っていた。胸に手を置くと、心臓がどくんどくんと鳴っている。ドアを開けて、外に出る。

隣の男は、やはり廊下に立っていた。首だけ捻《ひね》って、鏡子を見つめていた。何かいいたいのに、声が出ない。

だめ、だめ、こんなんじゃだめ。

鏡子は後ずさりした。その弾みで、開いていたドアが閉まった。

想像とはおかしなものだ。鍵を持たないで、廊下に出てしまったことに気がついた。鏡子は大きく喘《あえ》ぐと、背後の壁にもたれかかった。頭がのけぞり、こつんと壁にぶつかった。

私は、あの男に背を向けているのかしら、それとも向きあっているのかしら。鏡子は空想の中で考えている。私の目は閉じているのかしら、開いているのかしら。だけどなぜ……なぜ……私は泣いているんだろう。

鏡子の頰には涙がこぼれ落ちていた。

隣の男が近づいてきて、指で鏡子の頰の涙を拭いた。

そんなこと、ありっこない！

鏡子は我に返った。煙草の灰が長く伸びて、落ちそうになっていた。煙草を目の前のテーブルに置かれたガラスの灰皿に押しつけて消した。

その刹那《せつな》、周囲の色が奔流のような勢いで、鏡子に押し寄せてきた。灰皿の深い紫。テーブルの鮮やかな緑。見慣れたはずの品々だというのに、突如として色が生き生きと燃えあがり、鏡子の目を打った。わけがわからなかった。しかし鏡子は深く考えるのは止《や》めて、先の空想に戻った。

なぜ、私は泣いているのかしら。

これまた、わからなかった。何か、やけに大きなものが、鏡子を悩ませている。とてつもなく大きな何か……。その巨大なものを捉《とら》えようとしているうちに、眩暈《めまい》を覚えた。鏡子は肘掛け椅子に深く背をもたせかけ、瞼《まぶた》を半ば閉じた。眠気に襲われそうになって、不意に気がついた。

鏡子は、ほんとに泣いていたのだ。

私ったら、変だ。
自分自身に狼狽《うろた》えつつ、鏡子は涙を拭《ぬぐ》うものを探した。テーブルの下にあったティッシュペーパーを引き出すと、化粧が崩れないように、頬に軽く押しつけた。体の奥底で何かがもぞもぞと動いている。しかし、それは曖昧《あいまい》で、つかみようがなかった。

鏡子は新たな煙草を取り出して、火をつけた。煙が肘掛け椅子から、テーブルへと滑り落ちていく。

四〇五号室には、半年前まで有森一家が住んでいた。美加と同年齢の息子がいたので、有森夫人とは親しかった。しかし隣は、鏡子の家より一部屋少ない2LDKだ。親子三人では手狭になったので、川越《かわごえ》に新しい賃貸マンションを見つけて引っ越していった。落ち着き次第、連絡するといったのに、電話ひとつ寄越《よこ》さない。

有森一家が出ていって二週間ほどして、あの隣の男女が引っ越してきた。女は、毎日勤めに出ていて、週末に時々、見かけるだけだ。髪の毛を茶色に染め、大きな声で朝夕の挨拶をしてくる明るい性格だ。男のほうは、女よりも多く目にする。昼間っから駅前商店街を、革ジャンのポケットに手を突っこんで、ぶらぶら歩いていたり、郵便受けのところで鉢合わせしたりする。

あの男はヤクザだと、鏡子は確信していた。広告会社に勤めていたなんてごまかしても無駄だ。臭《にお》いでわかるのだ。

そのヤクザが、私を見ていた。玄関の鍵を開けるところを、じっと見つめていた。鳥肌が立ちそうだった。鏡子は、半ばまでしか吸っていない煙草をぎゅっと灰皿に押しつけた。玄関のチャイムが鳴った。宅配便か訪問販売だろうと考えながら、鏡子は玄関に出ていった。錠を外して、少しドアを開くと、そこに隣の男が立っていた。鏡子は唖然《あぜん》とした。

こんなこと、あるはずない。隣の男が、家を訪ねてくるなんて、ありっこない。男はお辞儀もせずに、鏡子を見つめている。

微笑んでいるのかしら、と鏡子は頭の隅で思った。そして、この男は微笑んでいるのだ、と想像で決めつけた。

「お茶にでも誘ってくれるんじゃないかな、と思って」

男は、ずいぶんと親しい間柄であるかのように、さらりといった。あまりの申し出に、鏡子は言葉を失った。

「今、お忙しいですか」

「いいえ」

いいえ、なんて答えた自分がわからなかった。鏡子は動転して、視線をあたりに走らせた。隣の男の肩越しに、空に向かって張りだした廊下の手摺りが続いている。そこに肘をもたせかけて立っていた男が、今、目の前にいる。

これは現実だ。

隣の男が、ここに立っている。

とにかく……。これは隣の男なんだ。惚《ほう》けたように、鏡子は思った。

今は、ほんとうに男は微笑んでいた。薄い唇が横に広がり、柔和な顔になった。たぶん、鏡子は三十秒くらい男をまじまじと見つめていたに違いない。

馬鹿な女。

鏡子は会話の切れ端を拾った。

「お茶って……お茶を飲むって、だって、まだ朝の九時ですよ」

なぜお茶が朝の九時だといけないのか、鏡子にも答えられなかったが、とにかくそういった。隣の男は返事をしなかった。ただ微笑み続けている。目尻が細くなり、切れ長の目の端がこめかみのほうまで線を引いたように伸びている。浅黒い頰に、笑い皺《じわ》がちょっと寄っている。なんて気持ちのいい笑顔だろう。魅力的な顔だ。鏡子の心が、男の顔に融《と》けていく。

男は微笑んだまま、その場を動かない。

鏡子は急に焦りを覚えた。こんな人目につくところで、隣の男と向き合っているのを、トヨにでも見つかったら、後で何といわれるかわからない。

「お入りになって。お茶を差しあげますから」

鏡子は体を引いて、男を家に上げた。隣の男が躊躇《ためら》いもなく、靴を脱いでいるのを、鏡子はぼんやりと眺めていた。何かいっているのだが、頭に入ってはこない。隣の男の喋《しゃべ》る端から、その言葉が消えていく。鏡子の脳裏には、丘に敷かれた細長い道のような絨毯《じゅうたん》が浮かんでいた。先端は生き物のようにするすると動いている。薄緑色に連なる丘陵をどこまでも延びていく白い絨毯……。

「大丈夫ですか」

隣の男の声に、鏡子は、はっとした。二人は居間の絨毯の上に立っていた。男は鏡子の前に立って、真剣な顔でいっていた。

「うまくいうのは難しいけど、聞いてください、ほんとうのことなんだから。あなたを廊下で見た時、僕は……」といって、まっすぐに鏡子の目を覗《のぞ》きこんだ。

「僕は、あなたの体をこの手で触れてみたいと……それが赦《ゆる》されると思ったんです」

いったい、この男は何をいっているのだろう。私の体に触れるって……。

鏡子は、隣の男の手を見た。男はその手を仰向けにして広げてみせた。節の浮きでた、伸び伸びとした指が五本。隣の男は手を開いたまま跪《ひざまず》いた。その手が自分のふたつの乳房に置かれるのを、鏡子は催眠術に掛かったように眺めていた。

温かな掌《てのひら》が、鏡子の乳房を包みこむ。ひとつの手に、ひとつの乳房。このうえもなく甘い感覚が鏡子を襲い、身じろぎもできない。

は、地図にも出ていない、小さな村で生まれました。大学にじっとしていられなくて、学校を休んでは、旅して生きてきました。ほんとのところは、けっこう旅ばかり。おもにヨーロッパ、特にパリでふらふらしていました。で、平和で素晴らしい日本に戻ってきました。だけど東京に居続けるつもりはないんです。あんまり辛《つら》すぎるから」

そして隣の男は拳《こぶし》にした両手を床に突いて、熊が吠えるようにいった。

「獣、走る、捕まる、逃げる、またすぐ行く、とても遠いところ、だけど、今んとこ、獣、檻《おり》を受けいれる」

鏡子は、隣の男を見下ろしていた。隣の男も鏡子を見上げている。一メートルも離れていないのに、二人の間には、ものすごく大きな隔たりがあった。

隣の男は不意に立ち上がった。そして、やけに丁寧に、それでいて妙にユーモラスで愛情のこもった仕草でお辞儀をした。

「たぶん、明日、お茶……」

鏡子は何と答えていいかわからなかった。

「あなたのお赦しがあれば」

そしてもう一度お辞儀をすると、男は自分で玄関に行って、靴を履き、出ていった。

隣の男が去っていくのを眺めつつ、鏡子は、自分を取り囲む世界が膨れあがっていくのを感じていた。まるでマンションの居間という、この空間に罅《ひび》が入って、外に漏れだしていくようだ。

遠くでドアの閉まる音がした。そして、鏡子は自分が、居間ではなく、十八歳の時にくぐった大学の赤煉瓦《れんが》の門のところに立っていることに気がついた。

門を入った両脇に、大きな銀杏《いちょう》の木がある。銀杏の葉は黄色に染まっていた。すんなりとした大樹から、はらはらと扇形の葉が落ちてくる。秋の陽光が、地面を黄金色《こがね》に輝かせていた。先ほどの出来事は、マンションの一室ではなく、この二本の銀杏の木の下で起きたのだと鏡子は気がついた。まるで二つの異なる時空間に同時に立っていたみたいだった。

今、自分に起きたのは、とてつもなく貴重な出来事。他の誰でもなく、この私に起きた、私だけのもの。その感覚が津波のようにおおいかぶさってきた。鏡子はふわふわとした足どりで風呂場に向かった。服を脱ぎ棄て、流し場に立ち、シャワーの蛇口を捻る。温水があの銀杏の葉のように降りかかってくる。温かな黄金色のシャワーだ。

鏡子は自分の両手を、隣の男が触れた場所に置くと、目を閉じた。そうすると乳房を包むのは、自分の手ではなくなった。

鏡子は再び、あの二本の銀杏の間に立っていた。綿雲の浮かぶ水色の空が、黄金色の葉の彼方に広がっている。鏡子はもはや地面に立っているのではなく、そこから背丈ほども上に漂っていた。

硬く突きだした乳首に、指が触れた。琴の弦を弾いたような快感が湧きあがってきて、鏡子は荒々しく現実に引き戻された。鏡子は太腿《ふともも》の間に手を差しこんだ。ビロードのように柔らかな太腿の奥を、指でゆっくりと撫でた。シャワーを浴びながら、こんなことをするのは初めてだった。しかし、あまりにも心地よくて、続けずにはいられない。最後に、太腿の奥に自分の指を差しいれたのは、いつだっただろう。ずっと遠いいつかだった……。

全身の隅々にまで、うっとりと柔らかな感覚が満ち満ちていく。体の芯《しん》にあるものが膨らみ、遥か彼方までひろがっていく。息をするのが苦しい。鏡子は風呂場のタイルの壁にもたれかかり、シャワーを浴びつつ、指を動かしつづける。幸福感と衝撃の混じった閃光《せんこう》が全身に走った。短く、荒々しく、清らかな快感だった。

目を大きく見開いた鏡子は、口を半ば開いて、壁にぐったりと寄りかかった。

濡れた体を拭き、服を着て、髪を梳《と》かし、せき立てられるように鏡台の前に座った。落ちた化粧を直し、リップクリームを塗り、口紅を引き直す。

鏡には、夫婦の寝室が映っている。ダブルベッドに脱ぎ棄てられた博重のパジャマ。だらりと下がったカーテン。半ば開いた衣装戸棚に下がった背広の列。目に映るものすべての背後に、博重が潜んでいるように思えた。鏡子は寝室を出て、居間に戻った。テレビの前に据えられたソファ。ステレオセットの横に積み重ねられたCD。書棚に詰めこまれた、『リストラ対処法』とか『ゴルフ上達術』といった本。ここにも博重がいた。

外に出ようと、鏡子は思った。時計を見ると、もう十一時だ。朝のうちに買物をすませるつもりだったのだ。鏡子はソファに放りだしていたバッグを手にして、逃げるようにマンションを出た。

商店街に向かう古くからの住宅地を通る小道には、庭に植えられた八重桜や山吹《やまぶき》、雪柳が花盛りだった。静かな通りに、おずおずと春の匂いが漂っている。

家を離れたとたん、夫に覗かれているという感覚は霧散した。ほっとしたとたん、今朝、起きたことが、再び頭の中を占めてきた。

お茶を頂けたら、永遠にあなたの奴隷になります……あなたが欲しい……あなたを見た時、僕は……。

隣の男のいった言葉の断片が、体のあちこちから泉のように湧きあがり、鏡子の心を舞いあがらせた。

あんな告白をされたのは、初めてだった。結婚前に知り合った男たちは、「好きだ」とか、「つきあってください」とか、どこかで聞いたことのある手垢《てあか》にまみれた言葉を、厄介な荷物を投げつけるように口にしただけだった。博重の求愛の言葉だって、似たようなものだった。「惚れてるんだ」と口走ったまま、いきなり口づけをしてきた。結婚したら、誰一人として、無骨な言葉すら投げてはくれなくなった。だから隣の男の言葉は、乾いた大地に落とされた水滴のように、鏡子の全身に滲《し》みわたった。

騙《だま》されちゃだめよ。あいつはヤクザなんだから。

鏡子の中で、警戒の声が響いた。

もちろんだ、と鏡子は気を引き締める。

だけど、あの男の目や表情は真剣だった。優しく、気遣いに満ちていて……真面目だった。だけど……信じていいのかしら。あいつはヤクザなんだから。

鏡子は堂々巡りの考えにうんざりしながら、車の行き交う大通りに出ていった。線路を越して、駅を過ぎたところに、スーパーがある。安売品のアナウンスが騒がしく響く店内に足を踏みいれると、鏡子の頭から隣の男のことは消えていった。

鶏肉が安かったので、夕食は美加の好物の唐揚げにすることにした。サラダ用にレタスとクレソンとトマトを選ぶ。シャンプーが切れかけていたことを思い出して、日用雑貨の棚に行った。簡単に錆《さび》が取れるという新製品が出ていたので、その説明書きをじっくりと読んだ。買物をしていると、時間はあっという間に過ぎていく。レジを通った時には、すでに十二時になっていた。

よく立ち寄るスーパーの並びのうどん屋できしめんを食べ、駅前商店街をぶらぶら物色しつつ、家路に就く。週に三回、買物に出るとこれが鏡子の習慣だった。しかし、その日、鏡子の足は、一軒の店の前で止まった。

赤いストライプの日除けのあるカフェだった。歩道に張り出して、オープンテラスが設けられている。店内には、アールヌーボー調の照明が灯り、細長い鏡があちこちに張られ、その狭間にロートレックの絵が掛かっている。麻布や代官山にでもあるような小粋《こいき》な店だ。近くの大学の学生や、付近に勤める若いOLたちが座っている。

いつも鏡子は、楽しげに話している着飾った娘たちを横目で見ながら通りすぎていた。まだ独身だったら、ヴィトンやエルメスのバッグを腕にして、ヒールの高い靴を履いていた若い頃だったら、躊躇うことなく入っていっただろう店だった。しかし、スーパーのビニール袋を両手に提げて、そこに入る勇気はなかった。

鏡子は、『カルチエ・ラタン』と日除けに書かれたその店に入っていった。自分がそんなことをしていると意識すらしなかった。吸い込まれるようにその店に入り、当然の如《ごと》くに通りに面した明るいテーブルに座り、くつろいで背中を椅子にもたせかけた。

「いらっしゃいませ」という声がして、ウェイトレスがメニューを持ってきた。ロートレックのフレンチカンカンの踊り子の絵のついた細長いメニューだ。鏡子は、ずらりと並んだ飲み物の名をざっと読んで、アイス・ローズ・ティーというのを選んだ。

ウェイトレスが立ち去ると、鏡子は手持ち無沙汰に、メニューをまた眺めた。唐草模様に囲まれたメニューの左上に、「un pitit moment à Paris――パリの一時を――」と書かれていた。

パリか……隣の男はパリに住んでいたとかいっていたっけ。

鏡子は明るい通りを眺めた。昼飯をすませた会社員たちが、そそくさと職場に戻っていく。主婦の群れが笑いさざめきながら通りすぎていく。学生のカップルが肩を組んで歩いていく。春の陽気があたりを包んでいる。

春だ。

鏡子の心がほのぼのと温かくなってきた。

パリの春とは、どんなものだろう。きっと、眩《まぶ》しくて、明るくて、活気に溢《あふ》れているのだろう。あの男みたいに……。

アイス・ローズ・ティーが運ばれてきた。丸いグラスに、琥珀《こはく》色の茶が氷と一緒に入っている。それを持ちあげて、かつん、かつんと鳴らしてみた。

鏡子の口許《くちもと》に淡い微笑みが浮かんだ。隣の男のあの優しく、気遣いに満ちた微笑みを真《ま》似《ね》ていることに、鏡子は気づいてはいなかった。

3

彰は部屋に仰向けに寝ころんで、隣の女のすんなりとした肢体を思い浮かべていた。

我ながら驚くほど、衝動的だった。とはいえ、彰は自分のそんなところに慣れてもいた。北海道産の獣と自認する所以《ゆえん》だ。

それにしても、今朝、隣の女を見た時の衝撃は大きかった。心と体がひとつになって、まっすぐに相手に吸い寄せられていった。気持ちが惹《ひ》かれてどうしようもない。そして彼女は、僅《わず》か壁一枚、隔てたところにいるのだ。不思議だった。手が届くところにいるはずなのに、この壁一枚は、宇宙を隔てる大きな距離のように感じられた。

隣の女か、と思って、ふとまたエリアンを思い出した。

エリアンもまた隣の女だった。もう十二年も前、パリの美術学校《ボザール》に通っていた頃、隣のアパルトマンに住んでいた。

あの女《ひと》と同様、廊下で出会ったのだ。そして彰に微笑みかけると、何か喋りながら近づいてきた。まだパリに着いたばかりで、彼女のフランス語はまったくわからなかった。見知らぬ人間に屈託なく話しかける西洋人の振る舞いに、彰は動転したものだった。

後でわかったのだが、エリアンはフランス人ではなかった。イギリス娘だった。フランスの航空会社のフライトアテンダントをしていた。光輪のように白い顔を包む柔らかな金髪、たっぷりとした乳房と尻。魅力的な娘だった。彼女のフランス語は英語訛《なまり》で、動転した彰がちんぷんかんぷんだったのも無理のないことだった。

たまたまエリアンのボーイフレンドが、彰の知人でもあったので、親しくなるのに時間はかからなかった。ボーイフレンドが気に入らなかったプレゼントのピンクのシャツを、彰にくれさえした。廊下で会えば、立ち話をするようになり、お互い熱い視線を交わすようになった頃、突然、部屋を訪ねてきた。

当惑していると、エリアンはドアを閉めて、つかつかと中に入ってきた。二間だけの小さなアパルトマンで、寝室のドアは開けっ放しになっていた。エリアンはまっすぐに寝室に入っていくと、いきなり服を脱ぎはじめた。

彰に求めているものが何かはわかった。彰だって、エリアンを見るたびに欲望を感じていた。彰も早速、服を脱いで、二人で狭いベッドに飛びこんだ。

彰の男根はもう硬くなっていた。エリアンを抱きしめて、事に及ぼうとしたが、彼女はやたら身をくねらせている。まるで、暴れる鰻《うなぎ》をつかまえようとしているみたいだ。彰は焦った。エリアンは、くすくす笑いながら、暴れまわっている。

「だめよ、まず前戯が必要なのよ」

エリアンが囁いた。

前戯だって。

まだ二十歳そこそこの彰にとって、それは耳にしたことはあるが、よくわけのわからない行為だ。どうすりゃいいんだ、と考えているうちに、エリアンが彰の首っ玉にしがみついた。さあ、今よ、といっているみたいだが、すでに彰の男根は萎《な》えてしまっていた。

彰は時間を稼ごうと、エリアンの体から降りた。ところが、そのベッドときたら、人一人分の窪《くぼ》みができているおんぼろだ。その窪みにエリアンがしっかりおさまっているものだから、彰の体はベッドから転げ落ちそうになる。ともすれば自分を弾きだそうとするベッドの縁にしがみついたまま、ゆっくりエリアンを愛撫《あいぶ》するなどという芸当はできやしない。結局、あきらめて、二人はベッドからむっつりと這《は》いだした。

以後、エリアンは、彰を無視するようになってしまった。

惨めな結果に終わった、青春期の失敗のひとつ。

彰は額に手を遣って、苦笑した。

男が男になるには、年月がかかるものだ。

ベランダの向こうに、春の水色の空が広がっている。今朝の霞は消えて、からりと晴れている。彰はまた、この同じ空を眺めているだろう隣の女に想いを馳《は》せはじめた。

4

翌日、いつものように博重を会社に送りだし、美加を幼稚園に送っていった後、鏡子はマンションの玄関ホールで足を止めた。灰色の郵便受けがずらりと並んでいる。郵便配達はまだ来てないとわかっているのに、鏡子は郵便受けに近づいていって、中を開いた。チラシが二、三枚、突っ込まれている。それを手にして、さっと隣の四〇五号室の郵便受けに書かれている名前を読んだ。『森山彰・坂田亜矢』とあった。

彰という文字を目にしたとたん、心臓がずきんと鳴った。

鏡子は、階段をカッカッと鳴らせて昇っていった。昨日のように、彰がそこにいるのではないかと少し期待したが、四階の外廊下は人っ子一人いなかった。それでも、彰がまだそこに立って、自分を見つめているような錯覚に陥った。鏡子は足早に家に入った。

胸がどきどきしていた。

彰は、今日、お茶を呼ばれに来るといっていた。ほんとに来るかしら。いえ、嘘だ。からかっただけだ。第一、来られたら、困る。もし来たら、断ろう。断固として、お帰りください、というのだ。

そう自分に言い聞かせながら、鏡子は家を掃除しはじめた。いつにも増して、丁寧に布《ふ》巾《きん》でテーブルや棚の埃《ほこり》を取り、台所の流しをぴかぴかにした。紅茶茶碗の入った食器戸棚を拭いていると、ピーンポーンとチャイムの音が鳴った。鏡子の全身がきゅっと縮み、次に熱くなった。

鏡子は息を大きく吸った。

わかってるわね、だめです、というのよ、鏡子。

心の中で呟《つぶや》きつつ、ゆっくりと玄関に向かう。それはまるで一キロもあるみたいに長く感じられた。

錠を外して、そっとドアを開く。心臓どころか、耳までがんがん鳴っている。

少し開いて、外を見たが、人影はない。鏡子は大きくドアを開いた。誰もいなかった。灰色のコンクリートの廊下の手摺りが、つんと横に伸びているばかりだ。

悪戯《いたずら》っ子の仕業だろうかと思って、ドアを閉めようとした時、足許に白い紙が敷かれているのに気がついた。ままごと遊びのように、そこには細々としたものが置かれていた。

四角くたたんだ緑のハンカチ、水晶の嵌《はま》った銀の指輪、ピンク色の小石、中指くらいの長さのハーモニカ、リボンのついた透明な小袋に詰まった金平糖《こんぺいとう》、そして黄色い可憐《かれん》な花。花束の隣に、封筒があった。封筒には、「鏡子様」という宛名がある。四方に線の撥《は》ねた、男の字だった。鏡子はおそるおそる封筒を拾いあげて、中から手紙を取りだした。

『隣の空家の庭で、今晩、九時半に。彰』

鏡子はその手紙を穴の空くほど見つめた。


隣の一戸建てには、鏡子一家がこのマンションに引っ越してきた時から、誰も住んではいなかった。東京オリンピックのあった頃に建てられた、二階建てのこぢんまりした家だ。小さな庭がついているが、雑草が生えっぱなしになっていて、椿《つばき》の木だけが、毎年、生真面目に花をつけていた。

美加などは、隣の空家の前を通るたびに、おばけ屋敷だぁ、と怖そうに囁いていた。幼稚園児の間では、おばけが出ると怖がられているらしい。

管理人のトヨの話では、マンション横のキャベツ畑の持ち主が貸していた家だったという。五年前、キャベツ畑と一緒に売って、マンションを建てる話が持ちあがった。だが、そこに長年住んでいた一家が立ち退きを拒否し、無理に追い出すわけにもいかずに往生しているうちに不況に見舞われ、計画は潰れてしまった。一家はまもなく出ていったが、キャベツ畑の持ち主はまた借家人と揉《も》めることを恐れて、そのままにしてある。その家は、キャベツ畑と運命を共にすべく、放置されているのだった。

夜の九時半なんかに、おばけが出るとかいう空家の庭に行くなんて、できるはずがない。彰の手紙を読んだ時、鏡子はそう思った。

絶対、行くもんか、と決めていた。

それでも、美加も寝ついてしまい、おかきをかじりながらテレビの前に座っていると、やけに時計が気になりだした。博重の帰宅は、今日も遅いだろう。会社の残業があるといっていたから、その後で仲間と飲みに行くのはわかっている。帰るのはきっと十一時を回ってからだ。いつものことだ。

帰っても、すぐに風呂は沸いているかと聞くだけで、ろくに話もしないで、ベッドに横になる。夫婦の交わりも月に二、三度ほどだ。釣った魚に餌《えさ》はやらない、か。鏡子は、おかきをばりっと齧《かじ》った。

結婚したら、もっと別の世界が開けていると思っていた。そんなことないと、誰もがいっていたが、鏡子は信じなかった。何か、ものすごいことが起きると思っていた。だけど、何も起こらない。夫と子供の世話をして、一日が過ぎていく……。

家の中には、ボリュームを下げたテレビの音だけがしている。テレビでは、クイズ番組をやっていた。噺家《はなしか》がもっともらしい顔で、薩摩芋《さつまいも》は南米のアルゼンチンから来たものだと説明している。鏡子は茶を啜《すす》って、緑のテーブルに飾られた黄色い花を眺めた。名は知らないが、小枝に、黄色いボンボンのような球状の花がついている。

彰が、この花を買っている姿を想像して、胸が熱くなった。

彰のプレゼントは、宝石箱に入れて、衣装戸棚にしまっていた。子供の頃、母が一度、家で誕生日パーティを開いてくれた。遊び仲間の女の子が、それぞれ大事そうにプレゼントを携えてやってきた。匂いの出る消しゴムとか、シールとか、小さなぬいぐるみとかだった。鏡子は、そんな細々としたプレゼントを前にして、ただもう目を見開き、胸をいっぱいにしていた。こんな誕生日を何度も味わって、大人になっていくのだ、と思った。あの頃は、大人になると、素晴らしいことが起きると信じていた。

彰のプレゼントは、そんな希望に満ちていた子供の頃を思い出させた。

時計が九時二十五分を指している。鏡子はリモコンでテレビのスイッチを切ると、立ちあがった。そしてカーディガンを羽織って、玄関に向かった。

5

灰色の空の底がぼんやりと鈍く光っていた。彰は雑草のはびこる庭に立ち、ここには月もない、星もない、と思った。

彰の生まれた北海道の村では、晴れた夜、空を見上げれば、水晶の破片をちりばめたような星空が広がっていた。月が出ていれば、あたりを青白く照らしだし、昼間とは違った世界を見せてくれた。しかし、この東京の夜は、昼間の延長でしかない。夜とともに、街自体が光りはじめ、月も星も閉め出してしまう。そもそも晴れた日の夜でも、スモッグのために空はいつも曇っている。

東京の大学に通うようになって、それを知った。だからパリに逃げだしたのだ。だが、パリの夜空にも、あの降るような星や皓々《こうこう》と輝く月はなかった。都会は都会でしかない。それに気がついて、東京に戻ってきた。広告会社を始めた大学時代の友人の誘いに乗って契約社員として働きだしたのだが、息が詰まって辞めてしまった。旅から旅をして気ままに生きてきた彰には、週二日とはいえ会社勤めは意に染まなかったのだ。

今は貯金を喰《く》い潰して暮らしている。しかし底をつくのは時間の問題だ。すかんぴんになる前になんとかしないと、亜矢に迷惑をかけてしまう。

亜矢は、広告会社の取引先のアパレル会社のデザイナーだった。気軽で、型にはまってないところが彰と気が合い、時々、仕事の後、居酒屋で飲むようになった。彰が安アパートの文句をいうと、亜矢も狭いワンルームマンションで居心地が悪いといいだした。家賃を出し合って同居すれば、そこそこのマンション暮らしができる、という結論が自然と出てきた。お互い、好意は持っていたから、話はとんとん拍子に進んだ。

お互いの私生活には干渉しないこと、という約束を交わして、同居生活に入ったのだ。セックスしたくなれば、そこに相手がいるというのはまったく便利だったし、食事も一人で食べるよりも二人で食べるほうが楽しい。亜矢との同居生活はうまくいっていた。

しかし、収入がなくなると、話は別だ。なんとかしなくては、と考えてはいるのだが、あてはない。

灰色の空を見上げながら、また旅に出るか、と彰は思った。

旅先で適度に仕事を探して、放浪するのだ。ヨーロッパでずっとやってきたことだった。今度は日本の南のほうに行ってみようか。それとも、南米にでも行くか……。

門のほうから物音がした。彰はそちらを振り向いた。街灯の白々とした明かりの中に、ほっそりした女の姿が現れた。

門の前に張られていた鎖をくぐって、鏡子は湿った草の匂いのする庭におずおずと足を踏みいれた。

彰に会ったら、だめだ、といおうと思っていた。来られない、と告げるだけ。それで戻ればいい。来られないと告げに、庭に来たことの矛盾には目を瞑《つぶ》って、鏡子は自分にそう言い訳していた。

道路から射してくる街灯の光に、うち捨てられた家がぼんやりと浮かんでいる。歪《ゆが》んだアルミサッシの枠、外れかかった庇《ひさし》のトタン板、風化しつつある壁。鏡子はなんだか胸が痛くなって、目を逸《そ》らした。

ちんまりした庭は暗く、朧気《おぼろげ》に草木の形がわかる程度だ。しかし白いシャツを着ていた彰の姿は、すぐに目に入った。鏡子に気がついた彰が雑草をかき分けて近づいてくる。

だめだって、いわなくちゃ。

鏡子は心の中で繰り返す。彰が鏡子の手をつかんだ。「あの……」といいかけた鏡子の唇に、人差し指をあてると、「こっちに」と囁いた。

あの、だめなの。私、だめなの。

声にならない言葉を繰り返しつつ、鏡子は彰の温かい手に引かれて庭を横切っていく。道路とは反対側の塀に、小さな戸があった。蝶番《ちょうつがい》が外れて、斜めに傾いている。戸口を抜けて、彰は鏡子を家の裏手に連れだした。

目の前が不意に開けた。灰色の薄闇《うすやみ》が広がっている。一瞬、鏡子は虚空に放りだされたような感覚を覚えた。通り慣れたマンションの前の道から、空家の庭を過ぎて、まったく知らない宇宙空間に迷いこんでしまったような感じ。そこがマンションの横にあるキャベツ畑だとわかるまで、少し時間がかかった。

落ち着いて見ると、すぐ左手には、鏡子の住むマンションが聳《そび》えている。青白い蛍光灯に外廊下の列が重なっている。正面は区営住宅の棟。四角い窓のあちこちに光が灯っている。右手には、二階建てアパートや民家がひしめいていた。ビルや民家の間に、なんとか居場所を保っている畑には、ころころしたキャベツが黒いボタンのように埋まり、畝《うね》が整然と連なっていた。その畝を跨《また》いで、彰は鏡子を畑の中へ連れていく。

「あの、ちょっと待って……」

なんとか鏡子が声を出したとたん、彰はくるりと向き直った。そして、鏡子の乳房をそっと掌で包みこんだ。驚いて身を引こうとした弾みに、踵《かかと》がキャベツに躓《つまず》いた。鏡子は仰向けに畑に倒れこんだ。背中にキャベツがぶつかって、鈍い衝撃が走った。

鏡子はもがくようにして起きあがろうとした。しかし、その上に彰が覆いかぶさってきた。口が彰の唇で塞《ふさ》がれた。彰の掌が、鏡子の頰から首筋を撫でていく。

だめよ、誰かに見られるかもしれないじゃない。

そう思いながらも、鏡子の唇は、彰の口づけに応じている。キャベツが励ますみたいに、鏡子の背中を押し返している。彰は大事な宝物であるかのように、愛《いと》おしげに鏡子の肩を、乳房を、腰の先を撫でていく。唇が鏡子の顎《あご》に、喉許《のどもと》に、耳に這っていく。鏡子は気が遠くなりそうだ。

彰の手がカーディガンを押し退け、前開きのブラウスのボタンを外していく。あまりにも自然で優しい動作だったから、鏡子は自分の服が脱げていくことにほとんど気がついていなかった。

スカートがまくれあがる。パンティが滑り落ちていく。まるで、鏡子の体から自然に衣類が剝《は》がれていくようだ。

彰の男根が鏡子の中に滑りこんできた。鏡子は自分が泉になった気がした。男根を浸す熱い泉。泉の液はとくとくと溢れている。

彰が鏡子の体を揉むようにつかんでいる。全身を揉まれ、揺すぶられるうちに、鏡子の中で、とほうもなく大きなものが膨れあがっていく。よく知っているけれど、まったく知らないあの感覚。鏡子の内側で、宇宙が膨れあがってくる。

鏡子の目が、四方を囲む建物の光を捉えた。あの明かりの灯った窓のどこかで、誰かが今、このキャベツ畑を見下ろしているかもしれない。人に見られている、という思いが全身を貫き、鏡子は腰を浮かして、さらに深く彰の男根を受けいれた。

左手のマンション四階の外廊下が青白く浮きあがっている。もしかしたら博重は、今夜に限って、早く帰宅するかもしれない。チャイムを鳴らしても、誰も出てこない。出ていけるわけはない。美加は寝ているし、私はここにいる。どうなっているんだと思いながら、博重は廊下の手摺りの向こうを眺める。

蛍光灯の光に照らしだされたマンションの外廊下に、鏡子は夫の姿を見たと思った。鏡子は心の中で叫んだ。

見て、見てよ、博重。

私が隣の男と交わっているのを!

その思いが閃《ひらめ》いた瞬間、鏡子の内部で宇宙が弾けた。

6

亜矢が桃を買ってきた。

「ちょっと時期が早いけどさ。店頭で見かけたから」と、春雨に濡れて水滴がついたビニール袋から、透明なプラスチックの箱を取りだした。中には、大きな桃が六個、きちきちに詰めこまれていた。

「おう、いいな」

居間で腹這いになって、雑誌をめくっていた彰は起きあがった。亜矢はプラスチックの箱ごと、無造作に桃を座卓に置いた。そして、会社帰りのロングスカートのまま、竹製の敷物の上に、あぐらをかいて座った。

「彰クン、桃、好きだっていってたでしょ」

亜矢は自分から先に一個つかんだ。皿もナイフも出さないところが、亜矢だ。二人の同居生活がうまくいっているのは、お互い、細かなところに構わない性格のおかげだった。

彰は桃を手にすると、鼻をくっつけて匂いを嗅いだ。それから、亜矢が青いマニキュアをつけた爪先でちろちろと皮を剝《む》いているのに気がついた。

「よく熟れた桃ってのは、こうするだけで皮が取れるんだぞ」

彰は桃の皮に爪で切れ目を作って、両側の表面をずるりと引こうとした。しかし皮はぴたりと果肉に張りついたまま動かない。亜矢が乱杭歯《らんぐいば》を覗かせて、悪餓鬼《わるがき》のように笑った。

「取れないじゃない」

「こいつはまだ熟れきってないんだよ」

彰は忌々《いまいま》しくなって、皮ごとかぶりついた。

「子供の時、じいちゃんの農園に遊びに行って、発見したんだ。熟れきった桃の皮ってのは、ちょっと横に引いただけで、ずるんと剝けるってさ」

鏡子の服みたいに。

彰はふとそう思い、微笑んだ。

昨夜のキャベツ畑で、鏡子の服に手をかける端からするすると剝けていった。あんな感覚は初めてだった。

セックスの時、服を脱ぐ行為は苦手だ。女の服を脱がせる時、なんだかレイプしているみたいで厭《いや》だったし、お互い自分で脱いだとしても、これから事を始めます、といわんばかりの準備がわざとらしくて、ぎこちなさを覚えた。それが昨夜はまったく自然だった。まるで、そうなるべくしてそうなったというように。

これまで多くの女と交わってきたが、あんな陶酔感は初めてだった。彰の腕の中の鏡子は、柔らかな桃だった。甘い果汁のいっぱい詰まった桃。その桃に包まれているのか、桃を抱いているのか、彰はわからなくなっていた。果てた時には、泣きたいほどの幸福感を味わった。

「掛川さんがさ」という亜矢の声に、彰は我に返った。

「えっ」と問い返すと、亜矢は、もうっ、と焦《じ》れたように、しゃぶり終えた桃の種をプラスティックの箱の中に落とした。

「会社の掛川さん。知ってるでしょ」

知らないはずはない。亜矢の勤めるアパレル会社の宣伝部の部長だ。仕事に関しては完璧主義者で、かつて広告会社に勤めていた時、さんざんやり合った相手だった。

「彰クンが失業中と聞いたら、もったいない、うちで働かないか、って」

「宣伝部でか」

「でしょ」

亜矢はティッシュペーパーを取って、口許を拭った。

友人の広告会社に勤める時は、なに、週二日出てきて、アイデアを出してくれるだけでいいんだ、おまえのアイデアって斬新《ざんしん》でおもしろいからさ、といわれてその気になったものだった。しかし結局、自分の自由になる領分はほとんどなく、アイデアはクライアントの意向と宣伝費の額で決まることに失望した。亜矢の会社の宣伝部でも仕事内容は同じに決まっていた。

「せっかくだけど、その気はないよ」

亜矢は口を尖《とが》らせた。

「ひとがせっかく仕事先を見つけてきたってのに」

「なんか、自由な仕事をしたいんだよ」

「彰クンのいう自由な仕事なんて、ありっこないよ。私だって、デザイナーって名はついてても、やってることはコスト内で流行の二番煎《せん》じ作ることだもん」

亜矢は悔しそうにいった。

「日本にゃ、自由業ってのは存在しないのかもな」

彰は呟いた。

「じゃあまた外国に行っちゃえば。彰クンが行くなら、私も行こうかな」

亜矢は、大きな丸い瞳で彰を見た。

「行くなら一人で行くよ」

「意地悪」

亜矢は新たに桃をつかんで、彰のように皮も剝かずにかぶりついた。

彰はゆっくりと桃を食べた。フローリングを施した八畳の居間の壁際には、亜矢のファッション雑誌が積まれている。安物の布製の紺色のソファの上には、彰の革ジャンや、亜矢のコートが投げだされている。座卓の上にも、雑誌やスケッチブックが雑然と置かれている。放浪者たちが長逗留《ながとうりゅう》しているヨーロッパの安ペンションの居間に似ていた。

この家も、彰にとっては旅先の宿と大差はなかった。いつでも出ていけるだろう。亜矢は別の同居人を捜せばいいだけだ。

その時、鏡子の顔が浮かんできた。

鏡子から離れていくなんてできないと、彰は思った。あの幸福感を手放すことはできない。これから、もっともっと鏡子とあの陶酔を味わいたいのだ。しかしそのためには、この檻のような東京で金を稼がないといけない。

「銀行強盗でもやるかぁ」

彰は大きな声を出すと、仰向けにどさんと寝ころんだ。

亜矢がきょとんとした顔をした。

7

「なんか、あったのか」

博重に聞かれて、鏡子は戸惑った。

土曜日の夜のことだった。週末とあって久々に親子三人で食卓を囲み、すきやきを食べていた。

「なんのこと」

鏡子は美加のために、小皿に春菊と葱《ねぎ》をよそいながら聞き返した。洗濯機の調子がおかしくて、昨日、電器屋さんに来てもらったことだろうか、今朝、大学時代の友達と電話で長話していたことだろうか。さまざまな些細《ささい》な事件が頭を過《よぎ》った。

「この頃、なんか違って見えるからさ」

博重は湯気で曇った眼鏡を紙ナプキンで拭いて、またかけ直すと、鏡子に頷《うなず》いてみせた。

「生き生きしてる」

「うん、ママ、生き生きしてる」

美加が父の言葉を繰り返した。

「なによ、美加。パパのいった意味、わかったの」

鏡子は美加の前に小皿を置いた。美加は、頭の左上で馬の尻尾《しっぽ》のように結んだ髪を飛び跳ねさせて、こくりとした。

「わかってるって。ママ、ちっとも怒らないし、にこにこしてるもん」

「そうかしら」

自分の変化には気がついていなかった鏡子は、博重に問い返した。博重は箸に牛肉をひっかけて見せびらかすようにいった。

「ああ、俺が昼まで寝てても嫌味ひとついわなかったし、今晩は、すきやきなんて出してくれてさ」

「私、いつだって嫌味なんかいわないじゃない。すきやきもたまには出すでしょ」

博重は、はいはい、というように肩をすくめると、テレビの野球中継に目を移した。博重の応援する阪神タイガースが読売ジャイアンツに負けたまま、九回裏になっていた。

スウェットの上下を着た博重は、四十を越えたおじさんに見える。休みで髭《ひげ》を剃らなかったので、うっすらと顎のあたりが黒く毛羽だっているのをぼんやりと眺めていると、

「ママ、口紅つけて幼稚園に迎えにきてくれるようになった」と、美加が付け加えた。

「あら、いつも口紅くらいつけてるわよ」

美加がかぶりを振った。

「剝がれてた」

「まったく、あんたはよく見てんだから」

鏡子は娘の額を人差し指で突っつくと、「ママの揚げ足取りはやめて、これも食べなさい」と、山盛りにした大根おろしの鉢を押しだした。美加の喘息《ぜんそく》にいいというので、食事のたびに、大根おろしを食べさせている。

美加は「揚げ足ってなに」と聞きながらも、おとなしく大根おろしをスプーンですくって食べた。

「揚げ足ってのはな、人間の足の唐揚げ」

博重が適当なことをいっている。

「嘘だぁ」と、美加が笑い声を上げた。

鏡子は、自分の皿に糸蒟蒻《こんにやく》をよそいながら、夫と娘の言葉を反芻《はんすう》していた。

確かに、美加の幼稚園に迎えに行く時、以前なら口紅を塗り直す手間も忘れて、そのまま外出していた。それがこの頃では、ちゃんと鏡台の前に座って、化粧を整えて出ていくようになった。彰とばったり出くわすかもしれないと思うからだった。

突然、先の博重の言葉が大きな黒い塊となって、鏡子に襲いかかってきた。

「なにもないのよ」

鏡子はきつい口調で答えた。博重が面食らった顔をした。それから、ややあって理解したらしく、「ああ、そうか」と答えて、またテレビに戻っていった。

家にいる時、博重とテレビは、赤い糸で繋がれたみたいにくっついている。

そう思ったとたん、私と彰は赤い糸で結ばれているのかもしれない、という考えが浮かんだ。


あれから二度、彰と交わった。夫や、結婚前につきあった男たちとの交わりとはまったく違っていた。まるで、まったく別の行為であるかのように、それは新鮮で心地よかった。

交わったのは、彰の部屋だ。彰の描いたというデッサンや、外国語の雑誌や本、古ぼけたギターなどが乱雑に置かれた狭い四畳半の部屋。同居人の亜矢に気兼ねしていると、僕たち、お互い干渉しないことにしてるんだ、と彰はさらりといったものだ。実際、二人は、それぞれ自分の部屋を持ち、居間には家庭の匂いなぞまったくなく、まるで学生の共同生活の場みたいだった。

三日前には、駅前で偶然、出会って、『カルチエ・ラタン』に入った。彰は、メニューに書かれた「un pitit moment à Paris――パリの一時を――」という文字を見て、スペルが間違っているといって笑いだしたものだった。

「Pの後はIじゃなくて、Eだよ。ピィティじゃなくて、プティ。日本のフランス語の看板ときたら、ほんと笑っちゃうのが多いんだ」といってから、鏡子の手に自分の手を重ねて囁いた。

「プティッタミ、って、わかるかい」

鏡子はかぶりを振った。

「愛しい人ってことさ。鏡子さんは、僕のプティッタミだよ」

その言葉は羽をもっているかのように、鏡子の周囲を軽々と飛びまわった。家に戻って幾度となく、「プティッタミ」と呟いて、微笑んだものだった。

青春の恋の季節が再び巡ってきたかのようだった。鏡子は、家に一人でいる時や、買物に出かける時、彰のことばかり考えた。不思議なことに、博重や美加がそばにいると、彰は頭から消えた。そして鏡子は、これまで通りの妻であり母に戻っていた。

今夜も博重が、最近、鏡子が変わったなどといいださなければ、彰のことに思いを巡らせはしなかっただろう。

ビールの酔いに頰を赤くして、テレビに夢中になっている博重を見ていると、罪悪感が湧きあがってきた。家庭があるというのに恋に浸っている自分が、とほうもない罪を犯しているように思えてきた。

鏡子の体が熱くなった。このままではいけない。彰との仲はあきらめなくては。だけど、どうして、あきらめることができるだろう。あんなにも楽しく、あんなにも陶酔に満ちた体験を……。できない。でも、私には夫と娘がいる。鏡子は悲鳴を上げたくなった。

「やった」と、博重が叫んだ。

ぷつん、と糸が切れたように、鏡子は瞬きした。体の中で何かが爆発して、粉々になったようだった。

テレビのアナウンサーが「ホームランです。阪神の逆転勝ち」と叫んでいる。

「見ろ、やっぱり阪神だ。勝つに決まってる」

博重ははしゃいで、美加の頭をぽんぽんと叩《たた》いた。

「おい、美加、大きくなったら、おまえも阪神みたいになれよ」

鏡子はくすりと笑った。

「なにいってんのよ、あなた。美加に、阪神みたいになれって」

「つまりだな、何事にも勝つ女になれってことだ」

博重は得々としていう。美加が、「なる、なる。勝つ女になる」と叫んでいる。鏡子は甲高い声で笑いだした。笑いは内側から溢れてきて、罪悪感をどこかに押し遣っていく。

「おい、ビール持ってきてくれ、乾杯だ」

博重が空になった缶ビールを振った。鏡子は台所に行くと、冷蔵庫を開いて新しい缶ビールを取ってきた。

テレビでは、ホームベースに次々と選手たちが集まっている。博重は、自分のジョッキと、鏡子のグラスにビールを注いだ。

「美加も乾杯する」

美加も水の入ったグラスを掲げた。

「はい、乾杯」

「かんぱーい」

「乾杯」

三つのグラスが華やかな音を立てた。

8

風の底に、花の香りが漂っていた。美加を幼稚園に送り届けた鏡子は、マンションの階段を足取り軽く昇っていった。

今日は幼稚園は昼までだ。美加にオムライスを作ってあげると約束していた。卵もハムも冷蔵庫に入っている。大根をおろしておきさえすれば、下準備もいらない。午後は美加を連れて公園にでも行ってみようか。郵便局の裏の公園のツツジが満開だと、幼稚園で出会ったあかりちゃんのお母さんがいっていた。そんなことを考えながら四階の外廊下に着いた時、手摺りにもたれかかって煙草を燻《くゆ》らせている彰を見つけた。

鏡子の頭から、オムライスもツツジも吹っ飛んだ。鏡子は喜びで胸を高鳴らせつつ、彰に近づいていった。

「なにしてるの」

鏡子の来るのがわかっていたみたいに、彰は微笑んだ。

「畑を見てた」

彰の横に立って、鏡子は四角い畑を見下ろした。キャベツの球は、弾けんばかりに大きくなっていた。今にも緑の花が咲くのではないかと思えるほどだ。

あの夜以来、鏡子はこの畑を見るたびに、そこで今も自分と彰が交わっている気持ちになって、頬が火照《ほて》る。

彰は煙草を宙に棄てると、鏡子に悪戯《いたずら》っぽい視線を投げかけて、お辞儀をした。

「お茶をご馳走して頂けますか」

鏡子は一瞬狼狽《うろた》えた。それは彰を自分の家に招きいれることを意味していた。

博重と美加と、鏡子の生活が育まれているあの場所に。初めて出会った時以来、彰を家に上げたことはなかった。

彰は微笑んだまま答えを待っている。

鏡子はキャベツ畑に目を遣った。

畑の四方を囲むマンションや民家が消えた。緑の畑がどこまでも広がっている。空は透き通るほどの水色に輝いていた。鏡子と彰は地平線の彼方までも続く畑の真ん中に向かい合って立っていた。彰が鏡子の肩に手をかけて、抱き寄せている。

「ご馳走しますわ」

自分の声を、鏡子はどこか遠くに聴いていた。

玄関の鍵を開けて、彰を中に招き入れる。敷居を跨ぐ時、鏡子は自分がとてつもなく大きなことをしでかしている気持ちになった。鏡子は息を止めて、家の中に足を踏みいれた。

彰のためにスリッパを出して、鏡子はそそくさと台所に入った。やかんに水を注ぎながらカウンターから居間を覗くと、彰はのっさりと部屋に入ってきて、ベランダに近づいていった。

「戸、開けていいかな」と聞くので、どうぞ、と答えると、彰はレースのカーテンを開いて、ガラス戸を大きく開け放った。温かな風が、ふんわりと家の中に入ってきた。

彰は居間の低いテーブルの前に座った。肘掛け椅子ではなく、絨毯にそのままあぐらをかいた。

彰が、この家にいる。鏡子は弾けるような楽しさと、一抹の落ち着かなさを覚えた。ダージリンを紅茶ポットに入れる時、手許が狂って流し台に黒い茶葉がこぼれてしまった。布巾で拭き取りながら、鏡子は、何を焦ってるのよ、お茶を出すだけじゃない、と自分を叱《しか》りつけた。

ウエッジウッドの紅茶カップをふたつ盆に載せ、湯を注いだポットを添え、居間に行く。

鏡子は彰のように絨毯にそのまま座りこんで、緑のテーブルの上に紅茶カップを置いた。そして、ゆっくりとポットの湯を注いだ。

紅茶が差しだされると、彰はわざとらしく、はあっ、と息を吐いた。

「やっと、お茶が飲めた」

大袈裟《おおげさ》な言い方に、鏡子の気持ちがほぐれた。

「彰さん、いってたっけ。お茶を頂けたら、永遠にあなたの奴隷になります、って」

彰は紅茶カップを持った手を止めて、真面目な顔をした。

「ほんとだよ」

鏡子はどきりとした。永遠、という言葉が、重々しく胸に響いた。

見渡す限りに続く緑の丘陵を、鏡子と彰は手を繋いで歩いている。二人の前には、すると絨毯が延びている。どこまでも、どこまでも……。

「永遠っていっても、限りがあるんじゃない。彰さん、いってたじゃない。獣だから、東京にはいられない、また遠いところに逃げだすって」

鏡子はひねくれた気分になっていった。あの言葉は鏡子の胸に刻みつけられ、彰のことを思うたびに、いつかこの人は遠くに行ってしまうのだと思って、悲しみと安堵《あんど》とを覚えていたのだ。

「やめたよ」と、彰はあっさりと答えた。

「東京に住む。鏡子さんのそばにいる」

何も答えられなかった。

でも、どうするの。私には夫と子供がいるのよ。あなたにも亜矢さんがいるでしょ。どうするの、どうするの。無数の質問で体がはちきれそうになった。

「永遠に、あなたの奴隷になります」

彰は紅茶カップを恭《うやうや》しく額のところまで掲げてから、厳《おごそ》かに茶を啜った。

幸福感が、鏡子を包みこみ、先の無数の質問を蹴散らしてしまった。

私は幸せだ、と思った。この人が永遠というならば、それを信じよう。

鏡子は微笑み、彰も微笑みを返した。そして二人は黙って紅茶を飲んだ。まるで何かの儀式のようだった。

紅茶を半分ほど飲むと、彰はズボンのポケットから煙草を取りだして火をつけた。風に乗って、家の中に流れていく煙を眺めつつ、「天気がいいから、散歩にでも行かないか」と誘った。

鏡子は美加のことを思い出した。壁に掛かった時計を見ると、十時を回っていた。

「娘の幼稚園が、今日はお昼までなのよ。十一時半には迎えに行かなくちゃ」

「だったら、別の日にするか」

「でも午後に、公園に行こうと思っていたの。ほら、郵便局の裏のちびっこ公園。お昼の後で、美加と一緒でよければどうかしら」

「子供は大歓迎だよ」

美加には、隣の小父さんだと紹介すればいい。彰と美加と三人で公園を歩く姿を想像して浮き浮きした。

鏡子は彰に「ゆっくりしててね」というと、腰を上げて、台所に入った。冷蔵庫を開いて、大根を取り出す。手早く洗って、おろし器に擦りつける。がっ、がっ、という音が始まった。

「どうしたんだい、急に」

居間から彰が聞いてきた。

「お昼、早めにすまして、公園に行こうと思ってね。準備しとくの」

流しの前に立って、鏡子は大根を力まかせに擦りつづける。

「娘を幼稚園に迎えに行く前にね、これだけすませといたら……」と喋っていると、いきなり背後から抱きすくめられた。力強く、温かな抱擁だった。鏡子は口許に笑みを浮かべた。彰の掌が乳房をまさぐっている。さざ波にも似た快感が顎の下にまで達してくる。

彰の唇がうなじに触れる。鏡子は目を半分閉じて、うっすらと微笑んだ。しかし、大根おろし器を放しはしない。がっがっ、という小気味よい音が微かに聞こえ続けている。

「昨日、僕がなにしたか、わかる」

彰はそういいながら、鏡子のスカートの裾から手を差しこんで、パンティの縁に指をかけた。尻の上に、彰の膨らんだ男根が感じられる。「うん？」と鏡子は言葉にならない言葉を返した。

「さっきいってた、ちびっこ公園でさ、おもしろいことがあったんだ」

パンティがゆっくりと尻から剝がされていく。気が遠くなりそうだ。鏡子は流しに向かったまま、大根とおろし器にしがみついている。だんだんと大根擦りの速度が遅くなってくる。しかし、パンティが膝のところでひっかかって、鏡子は動転した。大根を擦る手が止まりそうになった。

「待って」

彰が囁いて、鏡子の左膝を持ちあげてパンティを抜きとった。鏡子は再び大根擦りに戻っていった。なぜだかわからないけれど、大根擦りを続けることが使命であるように思えた。

「子供がさ、いっぱい遊んでいたんだよ。それが、とてもおかしな遊びなんだ……」

彰の声が耳朶《じだ》を揺さぶる。

「二人の子供が僕のところに来て、こういうんだ」

彰の指がそっと内股《うちもも》を押した。鏡子はパンティを右膝にひっかけたまま、両足を開いた。男根が後ろから入ってくる。肉の襞《ひだ》をかいくぐり、内側へと進んでくる。内部はぬるぬると濡れていた。それでも鏡子は大根を擦りつづける。大根を擦るほどに、鏡子の内側はねっとりした水分を滲みださせる。男根が、すっぽりと中におさまり、動きはじめた。全身から力が抜けていく。それでも鏡子は大根おろし器も大根も放すことはない。がりっ、がっ……がっ。大根を擦る音は不規則ながらも続いている。鏡子の中に、彰の男根が出入りしている。

なんて気持ちがいいんだろう。

銀杏の葉が黄金色に舞っている。鏡子は、あの大学の門のところにいた。秋の空が広がっている。まだ春なのに……いいえ、もう秋なんだわ。鏡子の周囲で、金色の葉が眩しいほどに輝いている。

なにが起きているのかしら……。

鏡子は漂うような気分の中で思った。

男根はますます大きく、動きはますます激しくなっていく。その熱が鏡子の内部へと伝わってくる。

これからなにが起こるのかしら……。

彰の動きが激しさを増してくる。鏡子の体が内側から揺さぶられている。視界から、流しが、棚の鍋やフライパンが、ハンガーにかかった台拭きが、周囲のすべてのものが遠ざかっていく。彰が呻《うめ》き声を洩らして、射精した。その最後の大きな揺さぶりに感応して、鏡子の手から大根が滑り落ちた。意識が一瞬途切れた。
この時、鏡子は、未知の宇宙の彼方に翔《と》びたっていったのだった。

謝肉祭《カルニヴァーレ》

二月のマルコ・ポーロ空港は底冷えしていた。トニーノとアレッシオとジャンニは、コートやジャンパーの襟を立てて、ラグーナの寒風吹きつけるロビーに立っていた。アリタリア航空パリ発ヴェネツィア便は、いつものように遅れていた。三人はもう一時間近く、駄洒落《だじゃれ》をいいあったり、煙草をふかしたり、カフェでエスプレッソを啜《すす》ったりして、時をやり過ごしていた。

「もうすぐ出てくるぞ」

長身の肩を丸めて、ブーツを踏み鳴らしていたアレッシオがいった。キィィンという甲高い音が滑走路のほうから響き、遅滞を示していた空港の表示板がようやく到着の文字に変わったところだった。

「ヨリコは一人で来るんだって」

トニーノが短くなった煙草を床に投げ棄《す》てて聞いた。

「うん。最初は男友達《アミーコ》と一緒とかいってたけど、土壇場《どたんば》になって取りやめになったってメールが来た」

ジャンニが耳当てつきの毛皮の帽子をかぶり直しながら答えた。

「阿呆《あほ》だな、そいつも。ヨリコと旅行する機会をふいにしちまって」

トニーノが嘲《あざけ》るようにいった。

「他人のことが笑えるかい、トニーノ。おまえだって、ヨリコに映画に誘われた時、僕らに一緒にきてくれって頼んだじゃないか」

「ヨリコは俺が目当てだったんじゃないんだ。俺を誘ったら、おまえもついてくるってわかってたからなんだよ、アレッシオ。彼女、おまえに気があったんだぞ」

アレッシオの青い瞳に一瞬、歓喜が浮かんだが、すぐに慌ててかぶりを振った。

「そんなことあるもんか。ヨリコが好きだったのはジャンニだろ」

ジャンニは口をぽかんと開いた。そして落ち着かなげに目をきょときょとさせた。

「嘘だろ。ヨリコが僕を好きだったはずないさ」

「だって、よく連れだって、マルチアーナ図書館に行ってたじゃないか」

「論文のためさ。図書館じゃ、しょっちゅうトニーノのこと話していたぜ」

「ヨリコはいつも俺のこと、笑い話の種にしてただけじゃないか」

トニーノはむきになって言い返した。

三人と夜李子は、ヴェネツィア大学で一緒に勉強した仲だった。三人ともヴェネツィアに残って仕事口を見つけ、夜李子は日本に帰国して、美術館の学芸員となった。卒業後も、時々、遊びにきていた夜李子だが、ここ最近は会ってなかった。夜李子がヴェネツィアに来るのは四年ぶりのことだった。

税関の出口から、スーツケースを引きずったり、荷物を満載したカートを押したりして、乗客たちが出てきはじめた。三人は、他の出迎え人たちに混じって、そちらのほうに歩いていった。

お揃いの丸いバッジをつけた日本人団体客。首からカメラをぶらさげて、声高に話しているアメリカ人カップル。アタッシェケースを提げて、弾丸のように連絡バス乗り場に直進するイタリア人ビジネスマン。くたびれた大きなデイパックを肩にかけて、のんびりと歩いてくる若者。そんな中に混じって、夜李子がいた。

黒い革のコートを着て、おかっぱ頭の首もとに白いスカーフを結んでいる。小柄だが、均整のとれた体つき。卵形の顔に、小作りの目鼻立ち。細くつりあがった鋭い目と対照的に、厚く肉感的な唇。そのちぐはぐさが、夜李子の顔立ちに神秘性を与えている。夜李子は、突き通すような眼差しで三人を認めると、微笑んだ。赤い唇が薔薇《ばら》の花のように開いた。

「チャオ、少年たち《ラガッツィ》」

大学時代と同じ呼び方で、夜李子は三人に挨拶した。

桜色の夕焼けに、水平線がラベンダーに染まっていた。穏やかな内海に、航路を示す明かりが筋を描いている。ドレスの裳裾《もすそ》のような波を引いて小舟が行き交っている。空港連絡船の単調なエンジン音を聴きながら、夜李子は旅の緊張が解けていくのを感じていた。

戻ってきたのだ。夜李子は、故郷に帰省した時のような安堵《あんど》感に身を浸していた。私立財団の留学生として過ごしたヴェネツィアでの四年間は、夜李子の三十二年の人生の中で、最もくつろいだ時期だった。大学で仲間たちとお喋《しゃべ》りに興じ、夜にはバールにたむろし、休日にはトニーノの小さな車にぎゅうぎゅう詰めになって、コルティナやエウガネイ丘陵やブレンタ平野をドライブし、休暇にはフィレンツェやローマ、シチリアにまでも足を延ばした。夜李子の頭には、過去も未来もなく、ただ今を楽しんでいた。

しかし、日本に戻ると、現実がどっと押し寄せてきた。小さな美術館に就職し、展覧会の企画や準備に追われる身となってしまい、ヴェネツィア時代は、夢の中での出来事だったかのように思えるほどだった。

今度の一週間の休暇も、やっとのことで確保したものだった。出発前は、不在中の仕事の手配に残業続きだったので、ようやくヴェネツィアに辿《たど》りついた時の安堵感は大きかった。

夜李子は、横に腰掛けた三人の仲間たちを眺めた。三十歳を挟んだ四年間の歳月は、それぞれの外見に変化を与えていた。

くせっ毛を盛大に逆立てて、糸杉のようにひょろひょろしていたトニーノの黒髪のボリュームは減り、全体に肉がついて、樹齢百年の樫《かし》の木の幹と化し、左手の薬指には金色の結婚指輪が光っていた。金髪を長く伸ばして、後ろで括《くく》っていたアレッシオは、今では短く切りそろえている。薔薇色の頬をした少年めいた風貌は影を潜め、髭剃《ひげそ》り跡の目立つ大人の男となっていた。小太りで、丸々とした顔に眼鏡をかけ、いかにも真面目一徹の学生といった風情《ふぜい》だったジャンニは、体も引き締まり、水色のフレームの眼鏡をかけ、理知的な魅力を漂わせるようになっている。

「何年も日本でなにしてたんだい、ヨリコ」

アレッシオがトニーノ越しに尋ねてきた。

「なにって、仕事に決まっているじゃない」

「なんだ、日本人はまだ仕事ばっかりしてるのか。十年前、ヨリコがいってたのと変わってないじゃないか」

ヨリコは三人に向かって、いかに日本人が働き好きかを力説していたことを思い出した。

「国民性なのよ。病気ね。私も日本に戻ったら、病気が伝染《うつ》っちゃった」

「それ、アレッシオに伝染してやれよ。このところ仕事ほったらかして、ミラノのカルラのとこにばっかり行ってんだから」

通路側の席のジャンニが身を乗り出していった。カルラという名前は初耳だった夜李子がきょとんとしていると、トニーノが、アレッシオの新しい恋人、昨年の夏に知り合ったばかりで熱々なんだと説明した。

「仕事はちゃんとやってるじゃないか」と、アレッシオが頬を赤らめた。

「ほっほう」

ジャンニが眼鏡越しに睨《にら》むふりをした。ジャンニとアレッシオは家賃を分け合って同居している。お互いの私生活は筒抜けなのだ。

「トニーノには子供ができたんだよ」

アレッシオは話題を変えた。夜李子は、知ってるわよ、と答えた。ずっと前に誕生祝いを送った記憶がある。

「トニーノに似て、えらそうな子なんだ。この前、会ったら、ジャンニ、その頭、もうすぐつるつるになるよ、って、指さしていうんだ」

アレッシオがなおもトニーノの子供の話に固執した。夜李子は、つるつる、と聞いて、ジャンニを振り向いた。アレッシオがジャンニの毛皮の帽子をむしり取った。頭頂付近まで進出した額が露《あら》わになり、夜李子はトニーノの肩に手をかけて笑いだした。

「おい、戻せよ」

ジャンニが怒って、アレッシオの手から帽子を奪い返そうとする。アレッシオがそれをトニーノの頭にかぶせる。トニーノは耳当てを下ろして頬に垂らし、「パイロットだぞ」と叫んで、操縦桿《かん》を持つふりをした。

外見は変化しても、三人の邪気のない態度は変わりなかった。陽気な三人組の空気に囲まれて、何度、腹の皮がよじれるまで笑いころげたことだろう。

学生時代、彼らのその時々の恋人たちが加わり、五人になったり、六人になったりしたが、決まっていたのは、この四人の組みあわせだった。夜李子には当時、日本に恋人がいたので、誰とも恋愛に陥ることはなかったが、帰国してその関係がだめになると、いい男たちだったのに、と何事も起きなかったことを後悔したものだった。しかし三人の誰とも恋愛沙汰にならなかったおかげで、こうして今も屈託なく会って話せるのだ。

空港連絡船は、ムラーノ島、リド島と立ち寄っていき、やがてヴェネツィア本島目指して進みだした。街灯が点灯しはじめた海沿いの道を、尋常ではない数の人々がぞろぞろと歩いている。

「カルニヴァーレね」

曇った船の窓に額をくっつけるようにして、夜李子は呟いた。

「うん、三日目になる。今夜、花火があるらしい。明日は土曜日だから、ものすごい人出になるぞ」

トニーノが答えた。

「アレッシオとジャンニも仮装してねり歩くんだって」

「なんに仮装するの」

夜李子はアレッシオとジャンニに顔を向けた。二人は困ったように顔を見合わせた。

「ま、後のお楽しみだよ」

ジャンニが答え、「それより僕たち、ホテルのこと、ヨリコにまだいってなかったじゃないか」と、アレッシオに目を向けた。ああ、そうだ、とアレッシオが舌をちろりと出した。

「ホテル、どうしたの」

夜李子は硬い口調になった。カルニヴァーレの季節のヴェネツィアでは、ホテル確保は至難の業だとよく知っていた。メールでジャンニに相談したところ、大丈夫だ、なんとかする、という返事だったので、任せきりにしていたのだ。

「ホテル、明日からしか手配できなかったんだ。だけど心配することないよ。今夜は、僕らのアパルトメントに泊まったらいいから。一人で来たんだから、ずっといてくれてもいいんだよ」と、アレッシオは早口で、あっけらかんと告げた。

「そうだよ、男友達と二人連れというんで、誘うのは遠慮してたんだけど……」

ジャンニも横から口を挟んだ。

ヴェネツィアのホテル代は、カルニヴァーレの時期でなくてもやたら高い。二人の家に泊まれたら、懐は大助かりだった。しかし、いくら学生時代からのつきあいでも、男の二人暮らしの中に混ざるのは気が引けた。

「ありがと。でも、明日、ホテルを見てから考えるわ」

夜李子は考えた末に答えた。


聖ザッカリアの船着き場で降りると、夜李子はカルニヴァーレの雰囲気に呑みこまれた。海沿いの大通りには移動遊園地が作られ、仮面や土産物を売る屋台がひしめいている。ドゥカーレ宮殿の前や、橋をひとつ越えたところにある聖マルコ広場のほうは、観光客や仮装した人々でごった返している。ルネッサンス期風の長いドレスをまとった女、金糸銀糸で飾ったマントを翻す男、巨大な昆虫やサンドイッチに扮した者、自分で考案したらしい派手で奇妙な格好をした者、王子や王女になった子供たちなどが、仮面をつけたり、顔にメーキャップを施したりして、そぞろ歩いている。目立つ仮装をした者と一緒にカメラに収まろうとする観光客たち。あちこちで沸きあがる歓声、移動遊園地から響く乗り物の音、波音にも似た人々のざわめき。夜李子がヴェネツィア暮らしの間に経験したカルニヴァーレと同じ空気がそこにあった。

アレッシオとジャンニのアパルトメントに行く連絡船《ヴァポレット》を待っているうちに、興奮が夜李子にも伝染してきた。ヴェネツィアに暮らしていた時は、カルニヴァーレに押し寄せる人出の多さと喧噪《けんそう》にむしろうんざりしていたが、観光客として戻ってくると、雑踏すら新鮮に思えた。

連絡船が人を満載してやってきた。ほとんどが聖ザッカリアで降りたので、夜李子たちは空いた船に乗りこむことができた。連絡船は深まる夕闇の中を走りだした。スーツケースがあったので、甲板に立っていたが、風が刺すほどに冷たい。トニーノが携帯電話で、あと少しで着くと、妻に伝えている。連絡船は両側に壮麗な館《やかた》の続く大運河《カナル・グランデ》に入っていく。館の明かりは煌々《こうこう》と灯り、豪華に飾られた室内が窓に映っている。アレッシオとジャンニのアパルトメントは、聖アンジェロの船着き場の近くだった。小さな中庭を通って建物の中に入ると、広々としたホールになっている。ホールの突きあたりには大きなガラス窓があり、運河に面していた。スーツケースはアレッシオに持ってもらい、横手にある階段を昇って四階まで行くと、廊下に面して三つのドアがあり、中のひとつは僅《わず》かに開かれていた。廊下に、トマトソースの甘く豊かな匂いが漂っている。

「着いたよっ」

トニーノがドアを開いて、まるで我が家のように叫んだ。夜李子は、ジャンニに促されて中に入った。

大理石の床を張った玄関ホールに、エプロンをかけた女性が現れた。黒髪をショートカットにして、頬骨の高く、目の窪《くぼ》んだ、痩せた女だ。トニーノは、妻のタティアーナだと紹介した。タティアーナの足許《あしもと》には、丸々と太った頬の男の子が立って、夜李子を物珍しそうに見ている。トニーノとタティアーナの子供、リーノだった。

家の中は暖房が利いていて、寒い外から入ると暑く感じるほどだ。玄関ホールの先には両開きの扉があり、広い居間となっている。運河に面した大きな窓に、ヴェネツィア風の金糸の入った縞《しま》模様の臙脂《えんじ》色のカーテンがかかり、どっしりした明るいベージュのソファが置かれている。カーテンは開かれ、星の瞬きはじめた夜空が向かいの建物の屋根越しに広がっていた。壁には十七、八世紀風の銅版画や、額に入った詩、印象派風のヴェネツィアの小さな絵などが掛かっていた。居間の左手に食卓があった。

「食事はいつでもはじめられるけど」

タティアーナがトニーノのほうに顔を向けて聞いた。

「きっとヨリコはシャワーでも浴びたいんじゃないか」

ジャンニが夜李子に声をかけた。ジャンニは昔から神経の行き届いた男だった。すべての情勢に気を回して準備しすぎて、人生、何事も起こらないタイプだ。夜李子は、喜んで勧めに応じることにした。

夜李子の寝室は、居間の右手に続く廊下の一番奥だった。客用寝室らしく、ベッドと洋服簞笥《だんす》と小さなテーブルと椅子がひとつあるだけの簡素な部屋だ。すでにベッドの上には、バスタオルも置かれていた。スーツケースを部屋に運びこんでくれたアレッシオが、バスルームの場所を告げて、居間に戻っていった。夜李子は早速、シャワーを浴びて、黒い半袖のロングのニットドレスに着替えた。長時間、飛行機に乗っていたので、足は浮腫《むく》んでいた。またストッキングを穿《は》く気分にもなれず、素足をパンプスに突っこんだ。暖房の行き届いた室内では、半袖でも寒くはなかった。葡萄《ぶどう》色のビーズのネックレスをつけ、口紅だけ塗って、居間に戻った。

タティアーナは台所で最後の準備に取りかかっていて、三人の男は居間のソファに腰かけてお喋りしていた。夜李子が現れると、全員、話を止めた。一瞬の沈黙の後、「きれいだよ、ヨリコ」、「その服、とってもよく似合う」と口々に誉《ほ》めたたえた。イタリアで心地よいのは、男たちの言葉が甘く愛撫《あいぶ》してくれるせいだと夜李子は思った。それは、日本の男たちのような照れの混じった口調ではない。心からの感嘆がこめられている。その言葉は吐息の如く、頻繁に気軽に出てくるものであるが、女心を昂揚《こうよう》させてくれることには違いない。夜李子が気をよくしていると、「さあ、食事にしましょう」というタティアーナの声が割って入った。男たちの視線を奪った日本人女に対する不満が、ちらりと覗《のぞ》いていた。

六人掛けの食卓には、すでに萌葱《もえぎ》色のクロスが掛けられている。皿もそれにあわせて黄色だ。ヴェネツィア人の好む発泡性白ワインのプロセッコのボトルがワインクーラーの中に置かれている。皆が席に着くと、タティアーナがトマトソースのパスタをよそってきた。

飛行機の機内食に食傷していた夜李子の胃だったが、急に空腹を覚えた。

一同は夜李子の到着を祝って乾杯し、スパゲッティを食べはじめた。

話題はやはりそれぞれの近況だった。中学教師をしているトニーノは、麻薬に走る生徒について嘆き、ヴェネツィアン・グラスの会社に勤めるアレッシオは、韓国で展示会を開く企画中だと興奮して語り、不動産屋に勤めるジャンニは、ヴェネツィアの地盤沈下に伴い不動産の価値はどうなるか自説を披露した。この贅沢《ぜいたく》なアパルトメントを借りることができたのも、ジャンニの役得のおかげだということだった。夜李子は最近の日本美術の動向について話した。タティアーナは、まるでフラメンコのカスタネットのように、それらの話の背後で、笑ったり、茶々を入れたりして過ごした。

パスタの後に出されたのは、魚介類の揚げ物だった。海老や魚、烏賊《いか》などが、大皿に山盛りになっている。揚げ物を頬張り、パンをちぎり、盛大に食べた。プロセッコを三本空けるうちに、話は学生時代の思い出へと移っていった。

「覚えてるかい、サルディーニアを旅行した時のこと」

「ああ、モーラの家に呼ばれたんだ」

モーラはサルディーニアから来ていた学生だった。夏休みに、自分の家に泊まりにこないかと誘ったのだった。家はサルディーニアの内陸部の小さな村にあった。

「すごかったね、モーラの羊飼いの叔父さん。むらむらした時は、雌羊にお世話になる、なんて、けろりというんだから」

「それも、その雌羊の肉を焼いて食べてる時」

「肉、吐いたの、誰だったっけ」

「ジャンニ」と他の者が口を合わせて叫んだ。

タティアーナが皿を片づけて、デザートの洋梨のタルトを運んできた。スプマンテが抜かれて、またもや夜李子のヴェネツィア到着が祝された。食事の前に同じことに乾杯したことを忘れているほど、みんな少し酔っぱらっていた。

「モーラの叔父さんが羊番をする小屋の臭かったこと」

「ラム肉の臭《にお》いがぷんぷんしてたっけ」

「羊飼いに憧れていたトニーノが真っ先に逃げだした」

「ほんと、情けなかった」

ふくれっ面《つら》になったトニーノを指さして笑っていると、タティアーナが席を立った。

「リーノも疲れちゃったみたいだから、私はお先に帰るわ。あなた方はもっと楽しんでらして」

リーノはすでに母親の膝でうつらうつらしている。トニーノは、妻を放っておいたことに突然、罪悪感を覚えたらしく、甲斐甲斐《かいがい》しく毛皮のコートを肩に掛けてやり、リーノを抱きあげ、連絡船の駅まで送っていくといった。アレッシオに外の出入口の鍵を渡されると、トニーノは妻と子を連れてアパルトメントを出ていった。

トニーノが戻ってくるまで、夜李子たちは、使った皿や食器を皿洗い機に入れて、テーブルを片づけた。男所帯のアレッシオとジャンニは手早かった。短い時間で食卓はきれいになった。夜李子がバスルームに行って用を足して戻ってくると、居間の低いテーブルに透明なグラッパの瓶とリキュール・グラスが四つ置かれていた。天井の電気は消され、スタンドの明かりがひとつ灯っているだけだ。しかし、アレッシオとジャンニはいなかった。部屋で何かしているのだろうと思って、夜李子はソファに座って、リキュール・グラスにグラッパを注いだ。運河のほうから、人の話し声がしている。窓辺に立って覗くと、ゴンドラがゆっくりと過ぎていくところだった。プロセッコとスプマンテの心地よい酔いが全身を包んでいた。窓の外には、夜の闇が広がっている。向かいの建物の明かりは消えている。夜李子は自分もゴンドラに揺られている気持ちになった。

玄関のほうで、ぱたんと扉の閉まる音がした。トニーノが居間に入ってきて、「あれ、二人は」と聞いた。

夜李子は肩をすくめて、部屋にいるみたいだと答えた。

「二人とも？」

「そうみたいね」

トニーノは廊下に続くドアに目を遣《や》り、親指を顎《あご》にあてて、考えるそぶりをした。

「怪しいな、あいつら」

「なにが」

「三十を越えてるのに、男二人で同居してるんだぜ」

夜李子は苦笑いした。

「馬鹿なこといわないでよ」

「ちょっと見てこよう」

トニーノは廊下に続くドアを開いた。やめなさいよ、といいつつ、夜李子もその後に従った。

廊下に面したひとつの部屋のドアの下から明かりが漏れている。トニーノは忍び足でドアに近づいていった。ドアに耳をあててから、夜李子を振り向くと、こいよ、というように指で招いた。夜李子は「駄目よ」と、小声で止めながらも、トニーノの横に立って、ドアに耳をつけた。

部屋の中では、がさごそと布のこすれあう音がしている。

「やめろよ、そこまでするのは……」

「いいったら」

アレッシオとジャンニの囁《ささや》き声がする。トニーノが、ほれみろ、といいたげに片目をつぶった。アレッシオとジャンニがホモセクシュアルかもしれないという考えは、夜李子に衝撃を与えた。美術界にはホモセクシュアルは多い。彼らに対する偏見はないつもりだ。しかし、大学時代にはそんなそぶりも見せなかった二人だけに、信じていた基盤が崩れ落ちるような気持ちを覚えた。

ドアの向こうからは、押し殺した笑い声が聞こえている。トニーノがドアのノブに手をかけた。夜李子が慌てて、その手を押さえた。トニーノはそれを無視して、「なにしてんだい」と怒鳴って、ドアを開いた。

部屋の真ん中に、スーラの『グランド・ジャット島の日曜日の午後』に出てくるような男女のカップルがいた。男はフロック・コートにステッキを持ち、女は腰にパッドをあてたヴィクトリア調の長いドレスを着ている。しかし絵画と違うのは、男の顔は狼で、女は顔半分、黒いベールで隠した帽子をかぶっているところだった。一瞬、夜李子は別の時代の別の部屋に迷いこんだような錯覚を覚えた。狼男が突きだした口で、ベールの下に覗く唇にキスをした。女はきゃっと叫んで、男の腕の中で失神した。

隣のトニーノがぷっと噴きだした。それが合図だったかのように、失神した女が体を起こし、狼男が頭をもいだ。現れたのは、にやにやしているアレッシオの顔だった。帽子のベールを上げた女は、ジャンニだった。アレッシオが狼の頭を片手に持っていった。

「カルニヴァーレの扮装だよ。明日、僕ら、こうやって腕を組んで歩くんだ」

アレッシオがジャンニに腕を貸して、部屋の中を気取って歩いてみせた。

「からかったのね」

夜李子は三人を睨んだ。

「まったく、ヨリコの顔ったらなかった」

トニーノが、目を丸くして口をぽかんと開いた夜李子の真似をしてみせた。夜李子はトニーノの背中を思いきり叩いた。

四人はげらげら笑いながら居間のソファに埋もれるようにして座ると、グラッパを飲みはじめた。アレッシオは狼の頭を脱ぎ、ジャンニは帽子のベールを上げたままにしているが、服装は仮装姿のままだ。

臙脂色のカーテンをぼんやりと浮かびあがらせるスタンドの光の中で、十九世紀風のフロック・コートとドレスを着た男女がいる。窓の外には運河が流れ、遠くから花火の打ち上げられる音が響いていた。夜李子はベルギーの幻想絵画の世界に紛れこんだような、不思議な気分になった。

「もともとヴェネツィアのカルニヴァーレは、仮面をつけて、金持ちも貧乏人も一緒になってらんちき騒ぎをしてたんだって」

「昔はもっと派手だったのね」

「長い冬の終わりを祝う祭りだからね。肉をさんざん食べて、復活祭前の断食に備えたというわけだ。ヴェネツィアのカルニヴァーレは、最近になって再興されたもんだけどさ。今や市の大きな財源だ」

「日本人も団体で来てるよ。この前、貸し衣装屋の前で固まってるの見たっけ」

「ヨリコも男友達とカルニヴァーレを見にくるはずだったんだろ」

トニーノの質問に、夜李子は、きたか、と思った。突然、二人で来るのをキャンセルしたので、理由を聞かれるとは思っていた。

「もちろん、彼と駄目になったのよ」

夜李子はやけ気味に答えて、グラスに半分ほどあったグラッパを飲み干した。

「なんでだい」

「わかんないわ」

夜李子はむっつりと呟いた。空いたグラスにジャンニが注ぎ足してくれる。それをまた啜って続けた。

「いつも同じ調子なのよ。最初は盛り上がるの。だけど、だんだんとお互いぎくしゃくしてくる。それで喧嘩《けんか》になって、売り言葉に買い言葉でおしまい」

「喧嘩だったら、僕もタティアーナとしょっちゅうやってるよ。だけど、ベッドに入ったら、大丈夫だ」

トニーノはぱちんと指を鳴らして、アレッシオに聞いた。

「なあ、そんなものだろ」

アレッシオは酔いと照れで、頰を薔薇色に染めて、「まあな」と答えた。四人で個人的なセックスを話題にしたことはなかった。しかし、部屋の薄暗がりとグラッパが、四人の舌を軽くしていた。夜李子はかぶりを振った。

「ベッドに入っても、ちっとも解決にならないわ。セックスだって、だんだんしらけてきちゃう。向こうがさっさと先にいっちゃって、おしまいよ」

「勝手な奴だな。相手が悪いんだよ」

「どんな相手も同じよ」

トニーノが、うむ、と唸《うな》った時、「その目がいけないのよ」と、ジャンニが突然、女の声音を真似て、大仰に夜李子の切れ長の目を指さした。酒のせいか、女の格好をしているせいか、ジャンニに似合わない滑稽《こっけい》な仕草だった。アレッシオとトニーノが弾かれたように夜李子の顔を見た。

「そうかぁ、そうだよな。その目で見つめられたら、どんな一物《いちもつ》だって萎《な》えちゃうよ」

トニーノが膝を叩いた。

「まったく、あんた、インポでしょ、といわれてるみたいな気持ちになる」

アレッシオも納得したように、しきりに頷《うなず》いている。

「これ、つけてみたら」

ジャンニがベールつき帽子を差しだした。夜李子は帽子をかぶって、ベールを下ろした。ベールを通して、感嘆したような三人の男たちの表情が見えた。

「ほんとだ、その目がなかったら、すごく感じが変わった」

「うん、唇がなんともいえず肉感的だ」

目がなかったらなんて、ひどいわね、と抗弁しようとした時、ジャンニがまた甲高い声を上げた。

「駄目、駄目、ベールの間から、やっぱり目が光ってる」

トニーノが立ちあがって、カーテンを留めていた臙脂色の布を取ってきた。

「これで目隠ししてごらんよ」

「もう、なんとでもしてよ」

夜李子はぶつくさいいながら、カーテンの留め布を目にあてて、頭の後ろで縛った。視界は真っ暗になった。夜李子は帽子のベールを下ろし、「どう、これでご満足」と、見えない観客に向かって挑戦的に微笑んでみせた。

「うーん、完璧だ」

「すごい、ぞくぞくする」

トニーノとアレッシオが同時に叫んだ。

「ほんとに、なんにも見えないかい」

ジャンニが疑り深く聞いた。

「全然」と、夜李子は答えた。

夜李子の首筋に一本の指が触れた。

「誰だ」と、背後でアレッシオの声がした。

「アレッシオ」と答えると、アレッシオが舌打ちした。

「声でわかるに決まってるじゃない」

夜李子は嘲った。

別の手が夜李子の左肘《ひじ》に触れた。

「誰だ」と、ジャンニの声がした。ジャンニ、と答えると、笑い声が起きた。

「トニーノだよ」と、ジャンニが答えた。

今度は右腕の手首の内側を、二本の指がつうっと撫であげていき、夜李子の背筋がぞくりとした。

「トニーノでしょ」というと、今度は、アレッシオ、という返事が戻ってきた。

別の手が夜李子の肩に触れた。

「誰だ」

「ジャンニ」

「トニーノ」

もうひとつの手が足の甲を撫でた。

「誰だ」

「アレッシオ」

「ジャンニ」

見えない手が、夜李子の顎から首筋、二の腕の内側、脹《ふく》ら脛《はぎ》、背中や脇腹を滑っていく。誰だ、誰だ、誰だ。笑いを含んだ男の声が四方八方から聞こえてくる。次には、どこに触られるか、ちっともわからない。不意に触れられた時の驚きが、快感となって全身に広がる。手の動きは次第に大胆になってきた。半袖の内側に、大きく開いたドレスの襟の中に、ロングスカートの中へと忍びいってくる。夜李子は身をくねらせ、笑い悶《もだ》えた。

誰だ、誰だ、誰だ、という声と共に、ドレスの裾がめくりあげられる。手が膝小僧から、太腿に這いあがっていく。誰だ、誰だ、という声と共に、首筋に唇が這う。誰だ、という声と共に、乳房がそっと揉《も》まれる。トニーノ、アレッシオ、ジャンニと、三人の名を繰り返しつつ、夜李子の体はソファに横倒しになっていく。

夜李子は真っ暗闇の空間に漂っている。皮膚は敏感になり、触れられた部分から波のような痺《しび》れが広がっていく。いつかドレスの背後のファスナーは下り、ブラジャーの紐《ひも》は肩から落ち、乳房が虚空にそそり立つ。パンティはどこかにいき、夜李子は裸体で暗闇に漂っている。太腿の内側を撫でる掌によって、腿は大きく開き、その奥に、つん、と丸くて硬いものがぶつかった。夜李子の内奥にじわりと振動が走る。

——誰だ

耳の後ろで男の声が響く。トニーノ、と答えると、ペニスはすっと退いていく。すぐにまた太腿の奥にペニスの先がぶつかる。今度は二度、三度と、そっと押してくる。夜李子の太腿の奥は、ぴたぴたという濡れた音をたてはじめる。

——誰だ

ジャンニ。ペニスが遠ざかる。そうして、またペニスがやってくる。今度はもう少し深く、夜李子の中に入ってくる。

誰だ、誰だ、誰だ。男たちの声が木霊《こだま》する。夜李子の乳房が吸われている。背中を男が抱きかかえている。ペニスが出入りする。夜李子はもう考えることができない。譫言《うわごと》のように、三人の名を交互に呼びつづける。

男たちの吐息が渦巻く。夜李子の内奥が、ぬかるみのような音をたてている。それはいつか運河のぴしゃぴしゃという波音とひとつになっていく。ぽーん、ぽーん、という花火や爆竹の音が遠くで轟《とどろ》いている。

闇の中で、夜李子は太腿を大きく開き、唇を喘《あえ》がせ、突きあがってくる力を感じている。カルニヴァーレの興奮に包まれ、夜李子は歓喜の声を洩らしはじめた。

蕨の囁き

隠居家に、奥の山村から降りてきた一家が住みついたのは、年の暮れのことだった。隠居家は、裏山にへばりつく部落の一番上にある。石垣と竹垣に囲まれた、ちゃんとした家だ。隠居家と呼ばれているのは、二年前まで、子供のない老夫婦だけが住んでいたせいだった。老衰で爺《じい》さまが死に、後を追うように婆《ばあ》さまも死んでしまった。家は跡継ぎもなく、そのままになっていたが、今度、遠縁にあたるその一家が住みついたということだった。

つゆは一家の引っ越しを、暮れの大掃除の後、畑で焚《た》き火をしていた時に目にした。枯草を燻《くす》べる白い煙の向こうから、ぎしぎしときしむような音をたてて、馬に曳《ひ》かれた荷車が家の前の道をやってきた。八歳になる息子の益夫が畑の縁に走っていったので、つゆも燃えながらを搔き寄せていた棒を手にしたまま、道を見下ろすところに出ていった。

つゆの村は、段々畑がびっしりと並ぶ谷間《たにあい》にある。険しい山道を歩いてきた馬は疲れているらしく、荒い息を吐いていた。荷車には、柳行李《やなぎごうり》や擦《す》りきれた風呂敷包み、茶箱や蒲団《ふとん》などが山と積まれていた。車に載せた荷物が落ちないように、手拭《てぬぐ》いを姐《あね》さんかぶりにした女が押さえていた。頬骨の出たしゃもじみたいな顔、頑丈な体つきの女だった。女は背中に赤ん坊を負っていた。女を真似て、益夫くらいの歳の男の子が荷物を支えているが、ただ手を添えているという程度だった。女はつゆに気がついて、こくりと頭を下げた。疲れているのか、木偶《でく》人形の頭が垂れるみたいな会釈だった。

つゆも首をすくめるように挨拶を返し、また頭を上げた時、馬の手綱を取っていた男と目が合った。ぎょろりとした目に濃い眉、無精髭《ぶしょうひげ》の生えた、いかつい風貌の男だ。男は冬の寒空の下で、着物の前を大きくはだけていた。汗で胸が黒光りしていた。

つゆは慌てて目を伏せた。ぎしぎしぎし、と音をたてて、荷車は家の前を通り過ぎていった。

「お母ちゃん、隠居家のほうに行くで」

益夫がこそこそと告げた。顔を巡らせると、荷車は隠居家に向かう坂道にさしかかっていた。坂で馬が苦しげに嘶《いなな》いている。男は子供に手綱を握らせると、車の後に回って尻を押しはじめた。すぐに女もそれに加わった。馬はゆっくりと棚田《たなだ》の間の坂道を登りはじめた。弱々しい夕陽が、男の背中から尻にかけての線を茜《あかね》色に浮かびあがらせていた。つゆはしばしそのしなるような動きに惹《ひ》きつけられていたが、また焚き火に戻っていった。

夫の名は斗志吉《としきち》、妻の名は松といった。物部《ものべ》川の奥の笹原《ささはら》に住んでいたという。行ったことはなかったが、笹原の名は、つゆも何度か耳にしたことがあった。県境に近い、笹を喰わねば生きていけないほどの貧村だという噂だった。引っ越しの晩、夫婦は栃餅《とちもち》を手にして挨拶に来た。世間話ひとつするでもなく、緊張した顔で、「よろしゅう、お願いします」と何度も頭を下げて帰っただけだったが、益夫と、夫婦の子供である辰介が同い歳で一緒に遊ぶようになったのが縁で、つゆは松と話すようになった。

「笹原いうたら、田圃《たんぼ》もろくにない山奥でねぇ、焼畑くらいしかできゃあせん。天保《てんぽう》の飢《き》饉《きん》じゃあ、村の者のほとんどが餓死したくらい貧しいところよ。それに比べたら、この村にゃあ田圃もいっぱいある。ほんで、出てくることに決めたがよ」

「まっこと、冬はたまらんかったでえ。囲炉裏《いろり》で火を焚いても焚いても、芯《しん》から凍えてくる。食べるもんは稗《ひえ》と芋《いも》ばっかりじゃ。この村はええねぇ。なんというたち、温《ぬく》い温い」

「ここに住んじょった爺さまが、うちの旦那さんの大叔父さんにあたるんじゃと。その大叔父さんも、とっと昔に村から降りていった口じゃ。子供ができんかったがは、村を出ていったき、村の神さまのお怒りに触れたせいじゃといわれたもんよ。けんど、うちらにはもう子供はおるき、そんなこともないろうと思うてねぇ」

家で穫《と》れすぎた大根や里芋をお裾分けに行ったり、道で出くわしたりする折々に、松は身の上を語った。村の者の使う言葉とは微妙に違った訛《なまり》をもっていた。最初はとっつき悪いと思ったが、うち解けると、素朴で気のいい女だった。松はつゆより二歳年上、年齢も近かったので、つゆは松に部落のしきたりを教え、近所の者と親しくなるきっかけを作ったりした。もっとも夫の斗志吉とはほとんど話したことはなかった。家を訪ねていっても、茶の間に引っ込んだままだし、たまに顔を合わせば頭を下げる程度だ。愛想のひとつもいうことはなく、無造作に会釈を返す。ただそれだけのことなのに、つゆはどういうわけか斗志吉の前に出ると、背中にじわりと汗が滲《にじ》んだ。ぎょろりとした目が威嚇《いかく》的なのか、無愛想なところが気持ちを落ち着かなくさせるのか、と考えた。しかし村には、もっといかつい目つきの男や、愛想のからっきしない男もいるのに、つゆは気にしたこともなかった。斗志吉の前でだけ、やけに緊張するのだった。

「斗志吉さんち、どっか妙なところがあると思わんかえ」

節分も過ぎた頃、つゆは夫の智男に聞いてみた。ちらちらと揺れる石油洋燈《ランプ》の下、囲炉裏端に座って繕《つくろ》い物をしている時だった。夕食もすませ、つゆの二人の子供を寝かしつけるため、昔話を語って聞かせる姑《しゅうとめ》の声が細々と寝間から流れてきていた。

「妙なところち、なんや」

縄をなっていた智男は手を休めて、怪訝《けげん》な顔つきで、つゆを見た。

「なんとのう、とっつきの悪い人みたいじゃき……」と答えると、智男は鼻先で笑った。

「男がそうそう誰にでもへらへらできるもんかえ」

「勘ちゃんでもあるまいし、なにもへらへらしろ、いいゆうわけじゃないがで。ただ、もっと、なんというか……」

勘ちゃんというのは、同じ部落の男だ。生まれた時から頭が足らず、誰かれかまわず、にやけた笑いを浮かべて話しかけていく。もう三十歳近い男だが、嫁も取らずに家の手伝いをして暮らしていた。いくらつゆだって、そんな態度を期待してはいない。では、どういうものを斗志吉に求めているのかというと、言葉に詰まった。

「斗志吉さんは、あれでなかなかたいした男やぞ」

智男の隣でやはり藁《わら》仕事をしていた舅《しゅうと》の泰次が口を挟んだ。

「正月この方、深沢さんくの土地造成に日雇いで行きよったが、その仕事納めの日に、酒がふるまわれたと。ほんだところが、やっぱし日雇いに出ちょった章やんが、いつもの伝で、笹原から来た山猿が、とおちょくったらしい。ほいたら斗志吉さん、目糞《めくそ》、鼻糞を笑う、とはこのことぞ、と言い返したと」

章やんは、酒癖の悪さで村の顰蹙《ひんしゅく》を買っている。奉納相撲には決まって駆り出されるほどの頑丈な体つきをしているだけに、暴れだしたら手がつけられない。酒を飲んで悪態をつきだした章やんに言い返すだけの勇気のある者はいない。つゆと智男が興味をそそられたように顎を突きだしたのを見て、泰次は満足げに目を細めた。

「章やんが顔を真っ赤にして、なんじゃ、おんしゃあ、わしが目糞じゃというがか、と腰を浮かしたところ、斗志吉さんがまたいうた。この村の山猿は顔が赤いきすぐわかる、と。

まわりにおった者は大笑いよ。章やんはかんかんになって殴りかかっていったと。それがたまるか、あっという間に殴り返されて、鼻血を出してひっくり返ってしもうた」

智男は疑うように、「ほんまかえ」と聞いた。泰次は顎を何度も縦に振った。

「深沢の滝平さんから聞いた話じゃ。この目で見たといいよった」

つゆは引っ越しの時に目にした、斗志吉の逞《たくま》しい背中を思い出した。足を踏みこんで、荷車を押すたびに、弓が引き絞られたように背筋が丸まった。汗の滲む肌に夕陽がまとわりつき、茜色に光っていた。つゆの記憶に強烈に刻みつけられたその光景は、取り出すたびに堅固になっていくようだった。

「章やんを負かすとはなぁ……」

智男も感銘を受けたように呟《つぶや》き、また縄をなう仕事に戻っていった。

「山には杣爺《そまじい》というもんがおっての、夜になると、林の中から、かぁん、かぁんと音がするがじゃ。木の倒れる音もする。けんど、朝になって見に行っても、どっこも木は倒れておらん」

囲炉裏端の沈黙に、寝間から姑が昔話を語る細々とした声が割りこんできた。

斗志吉が章やんをはり倒した話は、すぐに村中に広まり、一家を村の者として受け入れるきっかけとなった。斗志吉と松の夫婦は、隠居家の老夫婦の持っていた田畑を耕しはじめ、日待ちや氏神《うじがみ》さまの祭りにも顔を出し、近所の者とも顔見知りとなり、少しずつ村の暮らしに慣れていった。

春のきざしが見えはじめた時、道造りの回覧板が回ってきた。太郎兵衛奈路《たろべえなろ》の道が、冬の間の山崩れで半ば塞《ふさ》がってしまったので、修理するためだった。部落の家は、男手か女手を出さないといけない。その日、智男は泰次と一緒に、半里も離れたところにある山畑に畝《うね》起こしに行くことになったので、つゆが出ていった。他の家々でも道造りというと、一番の働き手の壮年の男は自家畑の仕事に残り、隠居や成人した長男や主婦などを出すのが普通だったが、斗志吉の家は、斗志吉本人が現れた。

鶴嘴《つるはし》やもっこや鍬《くわ》を手にして集まってきた八人の男女は、部落の横手から入る山道を登りはじめた。林の中を少し行くと、山の中腹に出る。太郎兵衛奈路だ。部落のすぐ上から、ここまで棚田が続いている。ほとんどが部落の者の田圃だ。この棚田と山の斜面の間にある道は、さらに奥の村に続く近道となっていたが、そこに人の丈ほどもの土砂が積もっていた。人一人通れるだけの細い道が踏みならされてできていたとはいえ、このままでは荷馬は通れない。つゆたちは手分けして、岩や土砂をどかしはじめた。

「この前、腰越町《こしごえ》に行った際に、電燈いうもんを見たで。妙なもんで、蠟燭《ろうそく》やら洋燈《ランプ》やらと違《ちご》うて、火が揺れんがじゃ。貼り付けたみたいに、ぴったり止まっちょる」

「馬鹿いいな、重ちゃん、止まっちゅう火があるもんかえ」

「ほんまじゃち。それにちっとも熱うもないがぞ」

「熱うもない、動きもせん火いうたら、鬼火じゃないか。鬼火やったら、珍しゅうもなんともない」

明るい朝の陽射しの下で笑い声が起きた。太郎兵衛奈路は、昔、太郎兵衛という村の男が山犬に咬《か》まれて死んでいたということから、名をつけられている。ここでは夜に鬼火が見えるという噂もあった。昼間でこそ笑い話ですませることができるが、夜になると一人で通る者はいない。

「鬼火ではないぞ。電燈というもんじゃと。なんでも火になる素を線で繋《つな》いで送るということじゃった」

腰越町に行ってきた重ちゃんがむきになって言い返した。つゆの東隣の家の十八歳になる長男だ。

「火になる素ち、なんじゃ」と、鍬で砂利をかき寄せていたフジが聞いた。

「それが電気いうもんやと」

重ちゃんは困ったように答えた。誰にもよくわからなかったから、話はこの春の植え付けの話題に移っていった。つゆはフジと一緒に砂利を路傍に寄せながら、目の隅で斗志吉の動きを意識していた。斗志吉は皆の話に加わることなく、黙々と体を動かしていた。

筒袖《つつそで》の上衣に膝上までの短い腰巻きという田造りをする格好で、道に墜ちた大きな岩を押して動かしている。他の者が二人がかりでないと動かせない岩でも、一人で転がしていく。すでに上衣の背中は汗でびっしょりと濡れていた。

斗志吉は、道の修繕には慣れているようだった。誰にいわれるでもないのに、取り除いた大きな石を道の縁の地盤の弱いところに置き、付近のあなぼこを小石で埋めて均《なら》していった。口にこそ出さなかったが、部落の者たちが斗志吉の働きぶりに感心しているのは、そのほれぼれとした目つきに表れていた。

丸一日かかるかと思われた仕事は、昼にはあらかた片づいたばかりか、道は以前よりもしっかりしたものとなっていた。太陽が頭上に昇りきった頃、やかんと、湯飲みの入った籠《かご》を抱えた女が山道を登ってきた。今年の部落の世話役となっている家の主婦ウシだった。ウシの舅にあたる半平がそれを見て、そろそろ昼にしようといいだした。皆は鶴嘴や鍬を置いて、弁当を広げた。五人の男と三人の女はなんとなく分かれて、それぞれ固まっていた。弁当といっても、田圃の少ないこの村では、芋か黍飯《きびめし》だ。それに梅干しや漬物がついているだけだ。弁当を食べながら、つゆは視線を男たちのほうに遣《や》った。斗志吉は、男の輪からほんの少し離れたところで、棚田を見下ろす路傍にあぐらをかいて座って食べていた。

ウシは、皆に湯飲みを配り、茶を注いでまわると、「ご苦労さんです」と愛想よく声をかけて戻っていった。そのせわしげな後ろ姿を見送って、フジがつゆと竹にいった。

「知っちゅうかえ、咲ちゃんが今度嫁ぐんじゃと」

咲というのは、十八になるウシの三女だ。十人並みの器量のこれといって目立たない娘で、よく両親と一緒に野良仕事をしていた。

「どこに行くがで」

竹が尋ねた。竹は三年前、嫁いできたばかりの若妻だ。自分と年齢の近い咲の嫁ぎ先には興味津々《しんしん》のようだった。

「それが、勝繁さんところじゃと」

フジは眉をひそめて告げた。

「そら、ええ話じゃいか」

竹は少しがっかりしたようにいった。

勝繁の家は、かつては庄屋だったくらい裕福だ。よくそんないい縁談が舞いこんだものと、つゆも同意の印に頷《うなず》いた。フジは怒ったようにかぶりを振った。

「息子さんとじゃないち。親父さんの勝繁さんとで」

竹は驚きに目を光らせ、つゆはしゃっくりをしそうになった。勝繁は四十過ぎの男やもめだ。二十歳の息子を筆頭に子供が五人もある。フジは半平に聞こえないように、小声で話した。

「ウシさんくでも、最初は息子のほうと思うて喜びよったと。けんど、だんだんに話が違うことに気がついた。お父さんのほうじゃとわかってから、こりゃいくらなんでも歳が違いすぎる、断ろうか、といいよったら、なんと咲ちゃんは、それでええと答えたらしい」

「咲ちゃん、うまいこと説得されたがかもしれんで。なんというたち、相手はお大家じゃもの」

竹がうがった見方をした。

「それがそうでもないみたいながじゃき。ウシさんもようよう尋ねたけんど、本気で、勝繁さんとでええというんじゃと」

つゆは唇を丸めたまま、フジの顔を見た。フジは小さく首を横に振った。

「娘心はわからんもんじゃ」

つゆは、前髪の後退しはじめた勝繁の顔を思い浮かべながら、湯飲みを手にした。そして空になっていることに気がついて、腰を上げた。番茶の入ったやかんを持って、フジと竹のところに戻る前に、男たちの湯飲みに茶を注いでまわることにした。男四人は、つゆが湯飲みに茶を注いでいるのにもほとんど気がつかないほど、アマゴ釣りの穴場について熱心に話していた。

つゆは最後に斗志吉の許《もと》に近づいていった。斗志吉は弁当の包みにした竹皮を丸めて脇に置き、ぼんやりと棚田を眺めていた。つゆに気がつくと、湯飲みを捧《ささ》げて、「すまんねえ」と頭を下げた。その弾みに、斗志吉のはだけた上衣の間から、ぷんと汗の匂いがした。

やかんを持つ、つゆの手が振れ、薄茶色の茶が斗志吉の膝に滴った。

「ありゃっ」

つゆは着物の襟元に挟みこんでいた手拭いで拭こうとして、濡れた場所が男の剝《む》きだしになった太腿であることに気がつき、動きを止めた。

「おおきに」

斗志吉は手拭いを取ると、太腿を拭いた。黒光りする逞しい太腿に、自分の汗にまみれた手拭いがこすりつけられている。つゆの頰が火照《ほて》った。斗志吉は丁寧に茶を拭きとると、つゆの目を見て、もう一度、「おおきに」といった。ぎょろりとした大きな瞳の底に潜む強い光に、刺し射貫《いぬ》かれるような衝撃を覚えた。

つゆは手拭いを返してもらうと、そそくさと女たちの許に戻っていった。斗志吉の湯飲みに茶を注ぐのを忘れてしまったことに気がついたのは、フジの横に座ってからだった。


春は蝸牛《かたつむり》の歩みの如くではあったが、この山間《やまあい》の村にもやってきた。山々に横縞模様を刻む棚田に、部落総出の結《ゆい》の田植えに勤《いそ》しむ村人の姿が見られるようになった。つゆの一家も、益夫までも駆り出して、部落の者の田圃から田圃へ、苗を植えてまわった。ぬぽぬぽする泥の中に膝まで埋まり、一日中、腰をかがめて働いた。斗志吉も松と辰介と三人で、結に参加した。

つゆは斗志吉が田植えをする姿を意識せずにはいられなかった。汗にじっとりと輝く斗志吉の背中や太腿を目の隅に捉《とら》えるたびに、動悸《どうき》を覚えた。時折、斗志吉も自分を見ていると感じることもあった。しかし、気のせいだとうち消した。まさか、そんなことがあってはならない。だが、心の奥底では、斗志吉も自分を見ている、とわかっていた。

田植えも一段落した頃、山菜採りの日取りを決めた回覧板が回ってきた。山菜採りは、部落総出の春の行事だ。山菜のよく採れる場所は決まっていて、抜け駆けすることは赦《ゆる》されない。みんなで一斉に採りに行くよう、日取りが決められている。その日は、弁当を持って、行楽がてら出かけて行くのだった。

つゆも前日から、姑と一緒に弁当作りをした。自家製蒟蒻《こんにゃく》、切り干し大根、去年の残りの蕨《わらび》やぜんまいをふんだんに使い、煮しめを作った。当日には朝早く起きて、赤飯を炊いた。弁当や水を詰めた一升瓶を携え、五歳になる下の息子も連れて、つゆの一家は山菜採りに出かけた。斗志吉も、松と辰介を連れて加わっていた。松は背中に赤ん坊を負い、弁当の入った風呂敷包みを手にしていた。

水色の空に、綿をちぎったような雲が点々と浮かぶいい日和《ひより》だった。四十名ばかり集まった部落の者たちは、太郎兵衛奈路に続く山道から細い横道に入り、一列になって進んでいった。

木立の間で、鶯《うぐいす》が鳴いている。枯草の間から瑞々《みずみず》しい緑の草が生えはじめていた。一行の間では、笑い声や話し声が湧き起こっている。益夫が辰介と一緒に、行列の前や後ろになって駆けまわっている。やがて蕨が一面に頭を出している山の開けた場所に着いた。そこで部落の者たちは、籠や袋を持ち、別れ別れになって、山菜摘みに没入した。白い繊《せん》毛《もう》でびっしりと覆われた薄茶色の蕨の芽を一本、一本、手折《たお》っていく。最初は家族で固まっていたが、腰をかがめて蕨のある方向に進むうちに、次第に男同士、女同士で集まってきた。子供たちは一緒になって、木々の間を走りまわって遊びはじめた。

「咲ちゃん、もうすぐ嫁入りじゃねえ」

フジが、咲に話しかけている。咲の縁談の噂はすでに部落中に広まっていて、もはやひそひそ声で語る必要はなくなっていた。

咲は恥ずかしげに、こくりと頷いた。着物の端をはしょって赤い襷《たすき》をかけた姿は初々《ういうい》しかった。

「勝繁さんのどこが気に入ったんじゃ」

詮索《せんさく》好きのそめが単刀直入に聞いた。咲は「ええ人じゃもの」と小さく答えた。

「息子の敦《あつ》ちゃんより、ええ人か」

フジがからかった。咲はこくりと頷いた。

「そりゃあ四十路《よそじ》の男盛りやものねぇ。咲ちゃん、ええとこ取りしたがぞね」

竹が救うようにいったので、咲は嬉しそうに微笑んだ。若い男は手間がかかる、その点、世間を知った男はいい、などと軽口を叩きはじめた女たちを背にして、つゆは蕨を求めて中腰で草むらを進んでいった。

　女たちの声が遠ざかっていく。しかし、つゆは草の間にひょこりと頭を出す蕨を見つけることに夢中になっていた。心のどこかに、一人になりたい気分もあった。姦《かしま》しい女たちの声から逃れて、静かにしていたかった。そして、この山間のどこかでやはり山菜を摘んでいる斗志吉の姿を思い浮かべていたかった。

「おばちゃん」と、突然、声をかけられて、つゆはびくんとして頭を上げた。つい先の草の間に勘ちゃんが立って、太い蕨を一本持って、にたにた笑っていた。勘ちゃんは、大きな頭をした小男で、つゆくらいの背丈しかない。兄夫婦とその子供たちと一緒に山菜採りに来ていたが、皆の輪から離れて、一人でぶらぶらしていたのだった。

「たまあ、大きい蕨じゃ」

　つゆは勘ちゃんに近づいていった。踝《くるぶし》のはみ出たつんつるてんの着物に、草履を突っかけた勘ちゃんは、誇らしげに顔の前で蕨を揺すった。

「いっぱいあるで」

　勘ちゃんは自分の足許を示した。確かに、勘ちゃんの立っているあたりには、土壌がいいのか、太い茎の蕨が生えていた。

「ありゃ、ほんまじゃねえ」

つゆは勘ちゃんの足許にある蕨を摘みとった。

「勘ちゃんも自分の家の分を採らにゃいかんで」

勘ちゃんはつゆの言葉は耳に入らなかったようで、手にした蕨をしげしげと見て、「お辞儀しゆうみたいやなぁ」といった。

「ほんまじゃね」と、つゆは勘ちゃんの手に握られた蕨を見た。半透明の繊毛が陽の光の中でぼうっと浮きあがっていた。くるくると巻いた茶色の渦が頭を垂れているようだ。

勘ちゃんは、ふたつの蕨を眼にあてて、くすくすと笑った。三十近い男には思えないほど無邪気な声だった。それから勘ちゃんは、「蕨のお辞儀、蕨のお辞儀」と歌うように繰り返しながら、ふらふら歩きだした。

つゆは勘ちゃんの立っていた付近の蕨を採りはじめた。蕨の群生を追っていると、木立に遮られた。そこから先は日陰になっていて、蕨はありそうもない。しかし、木々を透かして見ると、少し先にまた開けたところがあるようだった。もしかしたら、あそこにも、こんな大きな蕨が繁っているかもしれないと思って、つゆは木立に入っていった。

灌木《かんぼく》をかき分けて、二十歩ほども歩くと、明るい陽射しの降りそそぐ場所に出た。足許には、思った通り、元気のいい蕨がにょきにょきと頭を突きだしていた。つゆは弾けるような気持ちで蕨を採りはじめた。

あたりは静かだった。風の具合で、時折、木立の向こうから微かに人のざわめきが流れてくるだけだ。つゆは手の中で、蕨の茎がぽきんと折れる感触を楽しみつつ、一本、一本、摘んでいった。

がさがさ、と灌木の枝の揺れる音に気がついたのは、片手いっぱいに蕨を摘んだ頃だった。つゆは背を伸ばした。木立の中から、籠を背負った斗志吉が現れたところだった。驚きのあまり、つゆはその場に立ちすくんだ。

斗志吉もまたつゆをそこに発見して、びっくりしたようだった。一瞬、足を止め、それからゆっくりと頭を下げた。つゆもお辞儀を返してから、また地面にかがみこんだ。

二、三本摘むと、もう片手におさまりきれないほど蕨が溜まっていた。つゆはそっと腰を伸ばした。斗志吉は少し離れたところで、蕨を採っている。曲がった背中が、馬の背のような優美な曲線を描いている。つゆは腰に括《くく》りつけていた木綿袋に蕨の束を投げ入れて、また前かがみになった。

斗志吉が草をかき分ける音が響いている。つゆはまるで自分の着物の裾をかき分けられているような気持ちになった。心はもう蕨摘みから離れていた。眼は漫然と地面の草を映すだけだ。薄茶色の蕨を見つけても、もう感動はなかった。全身を耳にして、斗志吉の気配を感じていた。

がさがさがさ。音は背後から次第に近づいてくるようだ。そんなはずはないのに。斗志吉は、離れたところにいたはずだ。がさがさがさ。音はだんだんと大きくなってくる。まさか、気のせいだ。斗志吉がこんなそばまで来ているはずはない。しかしつゆには振り返る勇気はない。脚が震えそうになった。

いきなり、つゆは背後から抱きかかえられた。つゆは横倒しに草の中に倒れていた。つゆを抱いた斗志吉もまた一緒に倒れた。つゆの着物の前がはだけて、太腿が露《あら》わになった。

つゆは斗志吉を押し退けるつもりだった。そのつもりで両手を広げたはずなのに、つゆは斗志吉の背中を抱きしめていた。つゆと斗志吉はぴたりと体を重ね合わせた。斗志吉の男根が、つゆの下腹を押しあげていた。

一瞬、つゆと斗志吉の視線が合った。つゆの下腹まで、かっと熱くなった。つゆは太腿を大きく開いた。斗志吉は自分の着物の前をはだけ、褌《ふんどし》を緩めると、つゆの中に男根を押し入れた。

つゆは頭をのけぞらせた。木立に囲まれた青空が見えた。斗志吉が激しくつゆの体を揺すぶっている。男根がぬめぬめしたつゆの内部で暴れている。斗志吉の汗の匂いが、つゆの鼻を衝《つ》く。斗志吉の肉体の重みと、確かさを、つゆは全身の皮膚で感じた。斗志吉の荒い息が、つゆの喘《あえ》ぎ声と交じり合う。つゆは斗志吉の男根をさらに深く迎え入れようと、両足を高々と上げ、腰を浮かせた。青空が遠のいていく。頭の芯《しん》が痺《しび》れていく。これだ、これが欲しかったのだ。つゆは心の中で叫んでいた。

斗志吉が腰をずんと突きつけて精を放った。その揺さぶりに呼応して、つゆも体をのけぞらせた。斗志吉が、水を跳ね返す犬のように身震いした。その振動が、つゆの快感の余韻をさらに刺激して、つゆは小さく悲鳴を洩らした。

斗志吉は、つゆの体から身を離した。そして少し照れ臭そうに微笑んだ。鼻の頭や顎《あご》の先から、汗が滴っていた。つゆも微笑みを返した。

二人は黙ったまま、衣類を整えた。斗志吉は少し先に置いていた籠を背負うと、一瞬、つゆを真面目な顔でまっすぐに見て、それからゆっくりとお辞儀をした。つゆも座ったまま、お辞儀を返した。温かな微風が、つゆの乱れ毛を撫でていた。春の芽吹きの匂いが漂っている。小鳥の囀《さえず》りが響き、頭上で木の梢《こずえ》がこすれて、ぎいいっと小さな音をたてた。二人同時に頭を下げ、また上げるという緩慢な動作の内に、永遠の時が過ぎたかのようだった。

つゆが頭を上げた時、再び斗志吉と目が合った。斗志吉は、二、三度、瞬きをすると、踵《きびす》を返し、木立を抜けて引き返していった。

つゆは斗志吉が木立の間に消えると、ゆっくりと立ち上がった。べったりと濡れた太腿の内側を草の葉で拭いて、髪の乱れを直し、着物の胸元をもう一度整えて、放りだしていた袋を拾いあげた。中はもう蕨でぱんぱんになっていた。

木立を抜けて、皆のいる開けた場所に出たとたん、勘ちゃんに出くわした。勘ちゃんは、まだ二本きりの蕨を握りしめたまま、にたにたと笑っていた。

「おばちゃん、あっちにも蕨はあったかえ」

　勘ちゃんは、木立の向こうの陽のあたる場所を目で示して聞いた。

　つゆは一瞬、勘ちゃんは、自分たちの交わりを見ていたのだろうか、と疑った。しかし、勘ちゃんのあどけない瞳のどこにも、その徴《しるし》は見あたらなかった。

「あったで。いっぱいあった」

　つゆは丸々と膨らんだ袋をかざした。

「ほんま、いっぱいじゃ」

　勘ちゃんは驚いたようにいった。大きな丸い顔に、明るい陽射しのような笑いが広がった。笑いの渦は巨大な蕨を思わせた。半透明の繊毛の一本一本を輝かせている蕨。吸いこまれるような渦の中から、勘ちゃんの声が響いた。

「よかったねぇ、おばちゃん」

「ああ、よかったで」

　お昼にするでえ、という声が響いている。つゆは勘ちゃんを促して、皆の許に戻っていった。

　村の暮らしは、これまでと同じように流れていった。つゆは、夫や舅姑と一緒に田畑を耕し、子供の世話をし、台所に立った。たまには松のところに訪ねていき、縁側で世間話をして過ごした。そこで斗志吉に出会うと、「おじゃましちょります」と挨拶をした。心の中は、そよとも揺らぐことはなかった。斗志吉もまた「ごゆっくり」と、ぼそぼそと答えるだけだった。

あれは憑《つ》き物だったのだろうか。後になって、つゆは思ったものだった。斗志吉の半裸の胸や背中を目にしても、つゆはもうどきどきすることはなくなった。斗志吉の視線が自分に注がれていると感じることもなくなった。

二人は出会っても、これまでと同様、話を交わすことはなかった。まるで何事も起こらなかったかのようだった。しかし、二人の間に大きなことが起きたのは、つゆと斗志吉だけが知っていた。あの山菜採りの日を境にして、二人の間にあった燃えるようなものは、ふっと消えてしまったのだった。

ただひとつだけ、残ったものがあった。勘ちゃんの笑顔だった。つゆは道でばったり勘ちゃんと出くわすと、爪先から頭頂までじいんと痺れるような感覚に襲われた。

勘ちゃんは誰にでもするように、つゆにも笑顔を送りつける。その屈託のない笑顔を目にするたびに、つゆは泣きたいような、胸の締めつけられるような気持ちを覚えた。

そして、つゆの脳裏に、お辞儀をしているような大きな蕨の頭が浮かぶ。半透明の繊毛のびっしりと生えた薄茶色の蕨。その渦の奥底には、あの歓喜に燃えた山菜採りの日の情景が輝くようにおさまっている。そして渦の奥から、囁《ささや》くような声が聞こえるのだ。

――よかったねぇ、おばちゃん。

ああ、よかったで。つゆは心の中で呟いて、勘ちゃんに微笑みを返すのだった。

奪われた抱擁

「朝永《ともなが》さん……朝永初実さんやない」

初実は声をかけられて、相手を見た。ぽっちゃり顔のまわりを、ちりちりのパーマをかけたセミロングの髪が縁取っている。細い金縁の眼鏡をかけ、小柄で太り気味の体に、紫色と黒の混じったゆったりした薄手のツーピースを着ている。肩から白いポシェットをかけ、十歳くらいの男の子の手を引いていた。初実と同じ四十歳前後。成金趣味的な品のなさが漂っていた。

初実とは趣味も人生もまったく違う人間であるのがすぐにわかった。誰だろう、と初実は訝《いぶか》った。脇をスーツケースを引きずった人々が通りすぎていく。果ての見えないほど広いフロアに、一直線に航空会社のカウンターが並んでいる。真新しい関西国際空港の中だった。シンガポールから日本に着いたばかりで、東京便への乗り換え手続きをすませてから、出発までの二時間近くをどうしようかと思案していたところに、この女に声をかけられたのだった。

相手はいかにも懐かしそうに、初実に笑いかけている。やけに黒い瞳と薄い唇が、初実の記憶をつんつんと刺激する。昔、知っていた人物だ。しかし、いつ、どこで……。戸惑っている初実に気がついて、相手は少しはにかんだように肩をくねらせた。

「覚えてへんかな。ほら、大学一年の時、一緒やった安西、安西陽子」

頭の中にひとつの情景が蘇《よみがえ》った。芝生の敷かれたキャンパス、むせるような緑の匂い。眩《まぶ》しい初夏の陽射しの中に立つ長い黒髪の娘。ぶれていたカメラの焦点がかちっと合ったように、中年女の顔に、若かった頃の陽子の面影が浮きだした。しかし、かつての鋭角的な頬や尖《とが》った顎《あご》、華奢《きゃしゃ》だった体はどこにもない。その黒々とした瞳と、薄い唇が二十歳の頃のよすがを残しているだけだ。

「安西さん……安西さんね。覚えてるわ。……でも、ずいぶん変わったんで、びっくりした」

初実は、すぐに陽子を思い出さなかったことの下手な言い訳をした。陽子は自分の格好を見下ろして、あっさりといった。

「無理もないわ。大学におったの、少しやったし。それに、私、あの頃からいうと、十五キロは太ってん」

隣の男の子が、「ママのデブ」と憎まれ口を叩いた。陽子は繋《つな》いでいた手を振りあげて、「こら」と叱《しか》ってから、初実に向かって、息子の泰邦《やすくに》、と紹介した。やけに顔の長い泰邦は、陽子にはちっとも似ていなかった。

「朝永さんは、私と反対に、けっこう痩せたんちゃうの。すらっとしてる」

陽子はスーツ姿の初実を、ローヒールの先から、ショートカットにした頭のてっぺんまで観察していった。初実は、決してスマートではなかった過去の自分と見比べられているのが居心地が悪くなって、なぜ、こんなところにいるのかと聞いた。

「アメリカに出張で行っとった主人が帰ってくるんで、迎えに来たところやねん。ほいたら飛行機が一時間遅れるってんで、しょうもないから、空港見物してたとこ。朝永さんはどっかに行かはるの」

陽子は、初実の手にしたアタッシェケースを目で示して尋ねた。初実は、シンガポールで学会があって帰国したばかりだと答えた。

「ああ、朝永さんの活躍ぶり、いっつも見とるで。すっかり有名になって、私も自分のことみたいに嬉しいわ」

初実は、そこそこマスコミに名の出ている言語学者だ。フェミニズムの観点から現代日本語を分析し、話題を呼ぶようになった。かつての知人たちから、本を読んだとか、雑誌のコラムを見たといったことをいわれるのは慣れていた。

「こんなところでばったり会うなんて、ほんま、偶然もええとこやわ。ねえ、せっかくやから、お茶でも飲まへん」

陽子は甘えるようにいった。その口調は学生時代と同じだった。子供の頃から人にちやほやされてきた娘特有の図々しさと、邪気のなさの混じった態度。初実は、あの頃に引き戻されることから来る落ち着かなさと、現在の陽子に対する好奇心を同時に覚えた。過去へのためらいよりも、好奇心のほうが少しだけ強かった。いずれにしろ、初実も時間を持て余す身だった。

「そうねぇ……」と呟《つぶや》くと、陽子は承諾の印と受けとって、「さっき、ちょっとおもろい店、見つけたんで。こっちこっち」と、先に立って歩きだした。

何層にもなったフロアを貫く巨大な吹き抜け空間には、長いエスカレーターが金属製の蜘蛛《くも》の糸のように斜めに交差している。メタリックな銀色と、ピンクと青の柱やパイプが灰色の光の降り注ぐ空間を彩っている。人を満載して上下するエレベーターの透明な箱。荷物を抱えて流れゆく人々。英語や日本語のアナウンスと、旅行客のざわめきが、この宇宙の遊園地にも似た空間のバックグラウンド・ミュージックだ。

息子の手を繋いで、先をすたすたと歩いていく陽子の後ろ姿を眺めつつ、初実は、二十年という歳月を旅する旅人となっていた。

人生の選択が正しかったか、間違いだったかがわかるのは、時間の問題だ。何年もかけてじわじわと認識する場合もあるし、選択直後に発見する場合もある。初実の場合は後者だった。巴《ともえ》女子大に入学して一ヶ月も経たないうちに、初実は心底、後悔した。

巴女子大は、京都にある名門私立大学だ。関西圏では、才媛《さいえん》の行く女子大として通っている。高校三年の春、大学進路案内で志望大学を探していた初実は、「古都京都、二条城の近くに位置する、雅《みやび》なキャンパス」「大正時代からの歴史を誇る」とか、「小規模の大学ながら、ユニークな人材で固めた教授陣」とかいった文句に心を惹《ひ》かれた。

女子大というのも、今時かえってエキゾチックだな、と思ったものだった。

初実は、色気づいてきた同級生の女の子たちの態度を毛嫌いしていた。男子生徒に、舌ったらずの言葉で話し、甘えたように身をくねらす。トイレに行けば、鏡の前でブラッシングに余念がなく、休み時間になると、色つきリップクリームを唇に塗り、手首や耳たぶにコロンをふりかけている。女同士の時とは違った面を、男の子の前で披露する猫っかぶり。同性であるゆえに、初実はそんな同級生の女の子たちの媚態《びたい》を憎んでいた。

それもこれも、身近に男がいるせいだと思った。男がいなければ、女の子は、真の自分が出せるのではないだろうか。

初実は、おしゃれなんかに興味はなかった。ずんぐりした体型に、満月のような顔。自分はちっとも魅力的ではないと思っていたから、身づくろいなどに無駄な労力を費やすことはないと考えていた。ブスな女は才能で勝負するしかない。男なんかいないところで、雑念に煩《わずら》わされず、自分の能力を磨くのが一番。初実はひどく合理的にそう決断し、巴女子大にその夢を賭けたのだった。

もっとも、女の子というものは、百パーセント自分はブスだと思いこむことはできない。ブスだと認識していても、心のどこかで、もしかしたら、違うかもしれないという希望を残している。『マイ・フェア・レディ』のイライザのように、ある日、突然、ヒギンズ教授が現れて、薄汚い下町の娘に素敵な服を着せ、貴婦人に変えてしまう。そんな奇跡を密かに待ち望んでいる。

初実は、巴女子大が、ヒギンズ教授が買ってやった素敵な服の役割を果たしてくれるかもしれないと、ちょっぴり期待もしていた。巴女子大の学生という衣によって、奇跡的に自分が魅力的な娘になるのではないかという希望を、パンドラの箱の片隅に残していた。

こうして、人生に対する諦観《ていかん》と、密かな期待という、相反するものを抱えて、初実は受験勉強に入ったのだった。偏差値では危ういラインに入っていたが、猛勉強が功を奏して、初実は無事合格して、巴女子大学文学部国文科に入学したのだった。

とんでもない思い違いをしていたことに気がついたのは、入学して一週間ほど過ぎてからだった。

男という目障りな生き物の存在しない世界で、女子大生たちは、のびのびとしているどころか、水を断たれた植物みたいに元気がなかった。男の目から遮断された世界の女たちは、実にさえなかった。西日本各地から集まってきた才媛たちの中には、よく見ると、きれいな顔だちの娘もけっこういた。しかし、女同士の魅力競争から外れてしまったせいか、みんな、野暮ったいのだ。キャンパスは、老嬢の園のようだった。

知的競争という点では、逆に女同士の馴れあいが先に出て、活発な学問の場というよりは、お茶飲み友達のお喋《しゃべ》りの延長のような会話しかなかった。

進路決定、誤ったみたい、と思いはじめた初実に、止《とど》めを刺したのは、最初の合コンだった。相手は、私立大学経済学部の男子学生たち。初実も含めて、国文科二十二名の女子学生たちは、精一杯おしゃれして、浮き浮きと出席したものだった。

しかし、そこで判明したのは、男の子たちの関心は、誰が見ても美人の娘四、五人だけに集中することだった。蓼食《たでく》う虫も好き好き、という諺《ことわざ》は過去のものでしかない。巴女子大生、という衣だけではどうにもならない。やはり、目鼻立ちが必要最低条件なのだ。

初実はむしゃくしゃした気分で、酒を飲みつづけ、皮肉なことに、酒量で男子学生たちの注目を浴びた。一回目のコンパの終わった後、初実は自分が巴女子大の酒豪という、ありがたくもないニックネームをつけられたことを知った。

一浪して、別の大学を受け直そうか。初実はそんなことを考えたが、再び、あの受験戦争に戻っていく気力もなかった。つまるところ、失敗した、失敗した、と思いつつ、真面目に授業に出席し、図書館に通い、孤独に才能を開花させる道を探していた。

安西陽子は、一回目の合コンから、男子学生をまわりに集めた人気者の一人だった。長いストレートな黒髪を背中まで垂らし、黒々とした瞳に逆三角形の小さな顔。きりっとした顔つきだが、小柄な肉体が、人形のようなかわいらしさをかもしだしていた。

初実は、陽子が嫌いだった。その甘ったるい喋り方や、話す時、やたら小首を傾《かし》げる癖、それより何より、自分が周囲の注目を浴びる存在だとちゃんとわかっているところが鼻持ちならなかった。

陽子は、京都出身で、たいてい同じ地元の高校から入学した他の学科の友人たちと三、四人で固まっていた。その友達グループの中でも、やはり陽子はお姫さまで、真ん中で輝いていた。

初実の家は兵庫にあったが、通学には時間がかかりすぎるので、大学入学と同時に、小さな女子学生専用のアパートに住みはじめた。台所はついているが、トイレは共同の貧しいアパートだ。大学ではなんとなく、下宿生たちと、親元から通っている学生たちとは分かれていた。そんないくつもの隔たりがあって、初実は陽子と話を交わしたことなどなかった。

しかし、陽子の視線は感じた。どういうわけか、じっと自分を見つめていることがある。しかし、別に話があるというわけではなさそうで、目が合うとすぐに逸《そ》らした。

初実は、祥子《しょうこ》という和歌山出身の娘と仲良くなった。祥子は、やたら友達の多い娘だった。授業が終わって、友達と一緒に、大学の前の『タピオカ』という喫茶店で延々、喋っていた。なぜだか祥子は初実が気に入って、始終誘ってくるので、初実は、たまにそこに混じることになった。

祥子の仲間は、女子大の中で、なんとか活気を保とうとあがいている連中だった。バーのホステスのバイトをしてみたり、煙草をふかしてみたり、夜の四条河原町《しじょうかわらまち》を徘徊《はいかい》したりしていた。しかし、それはやはり良家のお嬢様のやんちゃの域を出るものではなかった。

初実は、せめて大学生らしいことでもしようと、軟式テニス部に入った。硬式テニス部に入らなかったのは、硬式テニスのゆったりした動きが自分に合わないと思ったせいだった。軟式テニスの激しさが、気に入っていた。

それでも、軟式テニス部に入って、やることといえば、素振りとボール拾いばかりだった。初実は、大学入学と同時に覚えた落胆を、再度繰り返していた。

人生とは、こんなものなのだろうか。地道なものからしか、始まらないのだろうか。

とても、つまらなかった。

軟式テニス部に入って、一ヶ月ほどした時、練習を終えて、スポーツウェアのまま、従兄からもらった中古のラケットを小脇に抱え、初実は体育館の更衣室のほうに歩いていた。髪は汗でべとべとし、ポロシャツやショートパンツから剝《む》きだした手足は、土にまみれていた。全身がだるくて、心地よい疲労感を味わっていた。

体育館と校庭の間には、銀杏《いちょう》並木が続いていた。校舎から延びる並木道は、校庭の横を通り、その先にある巴会館に続いている。大正時代に建築された瓦《かわら》屋根の日本家屋だ。そこで時々、コンパや、卒業生たちの会合が行われていた。

並木道に出て、体育館のほうに歩きだした時、むこうからこちらにやってくる二人連れに気がついた。長い黒髪を腰まで垂らし、ロングスカートを穿《は》いた娘が、背の高い男性と手を繋いで歩いていた。陽子だった。初実の歩みが鈍くなった。

女子大だからといって、まったく男がいないわけではなくて、キャンパスを歩く男性職員や教授たちがいた。しかし、陽子の連れは、そんな雰囲気ではなかった。

明るいブルーのジャケットを着て、ジーンズを穿いて、さらさらした髪を風に揺らせている。目は細く、鼻筋は伸びて、浅黒い肌をしていた。端正な顔だちに大人の男の雰囲気が漂い、大学生の甘さはなかった。社会人のようだ。

二人はどう見ても、恋人同士だった。女ばかりのキャンパスで、その姿は浮きたっていた。傾きかけた太陽の光が並木道に斜めの影を落としている。黄緑色の銀杏の葉が、頭上をアーチのように囲んでいる。その下を、二人は繋いだ手を楽しげに振りつつ、微笑みながら近づいてくる。小柄な陽子は、恋人の肩までの高さしかなかったが、二人はハネムーン旅行の広告ポスターに出てきてもおかしくないくらい、似合っていた。

初実は、恋人同士を憧れの眼差しで見つめた。もしも自分が陽子のように魅力的だったなら、このようにかっこいい恋人と手を繋いで歩き、他の女子学生に見せつけることができるのだ。そのことによって、自分の青春を確認し、堪能《たんのう》することができるのだ。そう思ったとたん、憧れは憎しみに変化し、雷光のように全身を貫いた。

すぐそばにやってくると、陽子は恋人に腕を絡ませたまま、初実に挨拶した。隣の男も、お義理のように口許《くちもと》に笑みを浮かべた。

まるで女王と王が、臣下に挨拶を送るようだった。汗と土にまみれて、中古ラケットを持っている自分が、二人の宮廷を掃除している召使いに思えた。初実はそんな自分に厭気《いやけ》がさしつつ、軽く会釈した。そして、青春の輝きに包まれた二人とすれ違っていった。

陽子が親元を出て、恋人と同棲しているという噂を聞いたのは、それから少ししてからだった。

「高校の時からのつきあいなんだって。親が連れ戻そうとしても、やっぱり彼氏のところに戻っていくから、もうあきらめたらしい」

『タピオカ』で、祥子はいった。背の高い、顔の造作も体つきも大柄な娘だ。セミロングの髪全体にパーマをかけて、長いフレアースカートの下で、無造作に足を組んでいた。

「おとなしい顔して、けっこう、やるじゃん、あの子」

煙草をふかしながら、美樹がいった。鹿児島出身という美樹は、姉御《あねご》の雰囲気がある。

あちこち破れたぴちぴちのジーンズに、やはりデニム地のベストを着ている。

「彼氏、黒のクーペ、持ってて、しょっちゅう送り迎えしてもらってんの。校門のところによく止まってるから、すぐわかるわ」

祥子は嫉妬混じりの口調でいった。

「ええなあ」と、千穂が呟いた。千穂は目のやけに大きな、栗鼠《りす》のような顔をしている。美樹の腰巾着《こしぎんちゃく》で、美樹と同じバイトをして、美樹の行くところにはどこにでもついていっていた。

「だけど、けっこう波風もあるみたい。喧嘩したら、炊飯器まで投げあうんだって。陽子さんの友達がいってた」

顔の広い祥子には、たくさんの情報源がある。『タピオカ』で始まるお喋りに、さまざまな情報を加えて、色を添えるのは、祥子の役割だった。井戸みたいに、話題の種を次々に噴きださせていたからこそ、祥子の周囲にはいつも多くの娘が集まって、井戸端会議を始めるのだった。

「熱烈じゃない」

克子が膝を手で叩いて、背中をのけぞらせた。克子は、人見知りするくせに、内輪では、歌舞伎役者のように大仰な身振りをする癖があった。

「私も、そんな激しい恋愛をしてみたいな。包丁持ちだして、喧嘩するみたいな」

「物騒だなぁ」と、美樹が苦笑した。

「あんたも高校からの彼氏いたじゃない。酒谷はどうしたのさ」

克子の恋人の酒谷は、東京の大学に行っている。克子が酒谷のところに訪ねていったり、酒谷が京都にやってきたりして、東海道線を盛んに行き来していた。克子はつまらなそうな顔をした。

「あいつとは、もう終わったわ」

一座の者は克子を見た。克子は、紅茶のカップを手にして呟いた。

「この紅茶みたいに、いつの間にか冷めちゃったのよ」

そのドラマチックな表現に、初実は噴きだしたくなるのを我慢した。

大学の同級生たちの話は、どれも夢みたいに実体が薄かった。授業の愚痴、将来の不安、異性の話。『タピオカ』に二時間も三時間も居座って喋る話題は決まっていた。好奇心の受け口はあるのに、それを満足させてくれる現実はなかった。だから、ただ話すことによって、絶えず塞《ふさ》がれようとする好奇心の入口をこじ開けつづけているのだった。その中で、陽子と恋人との痴話喧嘩はやけに現実的に聞こえた。

「私、バイトがあるんで、そろそろ帰る」

初実は自分の飲み物代をレシートの上に置いて、腰を上げた。夕方の六時から一時間、家庭教師のアルバイトを始めたばかりだった。

「あら、これから美樹のアパートでご飯食べようって話してるのに」

祥子が声をかけた。初実はかぶりを振った。

「今日はパス」

祥子とその仲間たちは、始終、一緒に夕食を食べ、夜遅くまで酒を飲んでいた。恋人のいない女子大生たちは、女ばかりで姉妹的な輪を作る。そして、男はますます外に外に弾きだされていくのだ。

初実は『タピオカ』の外に出ると、車道と歩道とを隔てるガードレールのポールに繋いであった自転車にかがみこんだ。アパートから大学まで、初実は自転車で通っていた。自転車に乗りやすいように、いつもぴったりしたジーンズを穿いていた。ジーンズが下腹に喰いこむのを我慢しつつ、自転車の錠の三桁《けた》の番号を回していると、黒い車の影が横を通りすぎるのが目の隅に映った。

顔を上げると、黒いクーペだった。クーペは速度を落として、校門の手前で止まった。陽子の恋人の車だ、と初実は思った。

自転車の錠を外して、サドルに跨《また》がり、もう一度、クーペを振り向いた。運転席の男の影が見えた。なんだか男が自分を眺めているような視線を感じた。

しかし窓越しでは、男の動きはわからなかった。初実は気のせいだろうと思って、自転車のペダルを踏むと、アパートに向かって漕《こ》ぎだした。

幸福の裏側には、ぴったりと不幸が貼りついている。七月のその日、初実はまったくもって悲観的になっていた。

そもそもの発端は、新しいラケットだった。軟式テニス部でのボール拾いと素振りの練習からようやく脱却して、試合の真似事をさせてもらえるようになり、希望に燃えはじめた初実は、バイト代で新品のラケットを買ったのだった。青と白のフレームのけっこういい品だった。

その使い始めの日、コートの片隅で素振りをした。勢いよく、ぶん、と振ったとたん、ばきっと厭な音がした。ラケットは、隣に置かれていた自転車のハンドルにぶつかり、ガットが切れ、フレームにはひびが入っていた。

部員の誰かが自転車をそこに止めていたのだ。新しいラケットを使うことに夢中で、初実はそれにたいした注意を払うことなく、振ったのだった。

しばらく初実は、穴の空いたラケットを、呆然と見つめていた。しかし、いくら見つめても、ラケットの穴は塞がりはしないし、状況は何ひとつ変わらないことに納得すると、なんだか、すべてが厭になった。ボール拾いと素振りに明け暮れた三ヶ月間に溜まりつづけた厭気が、ぐんぐんと胸の内に膨らんできた。それは、大学生活への落胆とひとつになって、巨大な暗雲のように初実の全身を覆っていった。

やーめた。初実は心の中で思った。そして、壊れたラケットを手にしたまま、誰にも何もいわずにコートに背を向けて、歩きはじめた。

テニスコートの横は、こんもりとした小さな丘になっている。芝生が敷かれ、花の時期も過ぎた皐月《さつき》の茂みが所々に丸くおさまっている。爽《さわ》やかな初夏の陽射しが、芝生の緑を浮きたたせていた。初実は皐月の茂みに囲まれた、人気のないところに来ると、ラケットを放りだして、腰を下ろした。

コートからは、ポーン、ポーン、というテニスボールの弾ける音が響いている。初実は、両手を後ろに突くと、天を仰いだ。青空に白い雲が、ちぎった綿みたいに浮いている。

わざと大きな声でため息をついて、頬を膨らませた。つまらない、つまらない。何がつまらないかわからないけど、何もかもがつまらない。

唇を突きだして、頭を後ろに思いっきりのけぞらせ、そうしているのにも疲れて、また顔を前に向けた時だった。

皐月の茂みの前に、陽子が立っていた。長い黒髪を後ろに垂らして、白いきつめの半袖ブラウスに、膝下まであるローズ色のロングスカートを穿いている。両手をウエストのところで祈るように組み、瞬きもせず、初実を見つめていた。三角形に削《そ》げた頬は金属のようにぴりっと張りきっていた。

初実は戸惑って、陽子を見返した。陽子は、暗闇の中にいるように、一歩一歩足許を確かめつつ近づいてくる。薄い唇は一文字に結ばれ、顔は怖いくらい真剣だった。

陽子が、初実にかがみこんだ。ふわりとローズ色のスカートの裾が舞った。次の瞬間、初実の唇は、陽子の唇によって塞がれていた。初実は陽子の全身の重みで後ろに倒れた。緑の芝生の匂いが、あたりに立ち昇った。陽子が乳房を、初実の乳房に押しつけてきた。白いブラウス越しに、その小さくて丸い膨らみが感じられる。陽子の両腕は、初実の首の周囲にきつくまわされ、黒いさらさらした髪が、初実の顔を包みこんだ。陽子は、自分の小柄な体を、初実の肉づきのいい体にめりこませようとするかのように、ぐいぐいと押しつけてくる。そのあまりの激しさに圧倒され、初実は芝生に仰向けになったまま、陽子の抱擁を受け止めていた。驚きと、さっきまでの、やーめた、という気持ちとが合わさって、初実はやけに受動的になっていた。

陽子はキスを続けながら、初実の半袖シャツの下から手を差しいれると、腹や背中を撫でた。撫でるというよりも、その感触をつかみとるように、握りしめ、こねくり、掌を押しつけてきた。たっぷりと肉のついた腹を、ブラジャーの内側の張りきった乳房を、柔らかな脇腹を、陽子の掌はつかみとり、揉《も》みしだいた。陽子の唇が、初実の唇を吸いとろうとするように貪《むさぼ》っている。口のまわりは唾液《だえき》でべとべとしている。陽子の荒い鼻息が、獣の息遣いのように聞こえてきた。

ポーン、とラケットが小気味よくボールを打つ音がした。陽子の黒髪の向こうに広がる水色の空に、テニスボールが舞いあがった。ボールは空の高みから曲線を描いて落ちてくる。初実は、ボールと一緒に、自分も落ちていく気がした。緑の芝生のまっただ中に。むせるほどの草の匂いのど真ん中に。

突然、陽子が初実から体を離した。陽子は、初実と目を合わせることなく、背中を向けると、ローズ色のスカートを翻して芝生の上を走り去っていった。

初実は上半身を起こして、あっけにとられて、陽子の消えていった方向を眺めていた。どさっ、とボールが皐月の茂みに落下した音がして、ころころと足許に転がってきた。

「こんなとこでなにしてんのよ」

きびきびした声に、初実は我に返った。軟式テニス部の同輩の夕子が、ボールを追いかけてきたところだった。初実と同時期に入部して、一緒に素振りやボール拾いをしてきた仲間だった。初実は立ち上がると、尻についていた草を払った。

「ちょっと休んでたとこ」

そしてボールを拾うと、破れたラケットを手にして、夕子と一緒にコートに戻っていった。

次に大学の授業で会った時、陽子は何事も起こらなかったような態度をとった。目が合えば挨拶し、ことさら親しげでも、極端によそよそしくもない。

照れているのだろうと、初実は思った。もしかしたら陽子はレズビアンで、自分が好きだったのかもしれないとも勘ぐった。しかし、その想像も、あまり納得のいくものではなかった。いったいなぜ、陽子があんな行動を取ったのか、頭を悩ませた。しかし、陽子に面と向かって尋ねる勇気もなくぐずぐずしている間に大学は夏期休暇に入った。そして、休みが明けた時には、同級生の中から陽子の姿は消えていた。いつものように祥子が「陽子さん、駆け落ちしたんだって」という情報をもたらしたものだった。

学生結婚をしたいといいだし、両方の親に反対されて、強引に結婚したのだという。以来、陽子は大学に戻ってくることはなかった。

七月のキャンパスでの束の間の抱擁は、陽子がその後、姿を消しただけに、初実にとって忘れられないものとなった。卒業して別の大学の大学院に進み、フェミニズム分野の勉強を始めたのは、陽子との出来事をきっかけに、女性に意識が向けられたこととも関係があったと、後になって気がついた。

「アメリカに行ってる旦那さんって、大学の時につきあってた人なの」

関西空港のカフェテリアでコーヒーを飲み終わって、泰邦がコンピューターゲームに夢中になっているのを確かめてから、初実は聞いた。陽子は面映《おもは》ゆそうに頷《うなず》いた。

「うん、あの充《みつる》や。いろいろとがたがたあったけど、なんとか続いてるわ」

「大学辞めて、結婚したんでしょう」

「そう。最後には親も渋々承知してくれたわ」

陽子はコーヒーカップを傾け、それが空になっているのを見て、残念そうに受け皿に戻した。

それは空港の吹き抜けに面した、広々としたセルフサービスの店だった。飲み物だけではなく、インド料理や中華料理、和洋食などのコーナーが並んでいる。一般利用客は少なくて、空港勤務者やパイロットや客室乗務員などの姿が目立っていた。旅への期待感はなく、旅を日常としてしまった人々の淡々とした空気が漂っている。天井の低いそのフロアは、巨大な空港の中空に差しこまれた異次元のようだった。

「ずっと聞きたいと思ってたことがあるんだけど……」

初実は、あらたまった口調で陽子にいった。

「わかってる。一年の夏のことやろ」

まるで初実がその質問をするのがわかっていたかのように、素早く陽子は答えた。初実は頷いた。

陽子は、パーマをかけた髪を掻き上げた。生え際に、染め残った白髪がちらほら見えた。

「マリリン・モンローやねん」

初実は、えっ、と聞き返した。

「マリリン・モンロー。あの頃、充いうたら、マリリン・モンローに夢中やったんや。ほら、あの地下鉄の風が吹きあげて、スカートのめくれた写真あるやろ、あんなもんいっぱい、アパートにべたべた貼って、悦に入ってた。時代遅れや、ってんのに、マリリン・モンローの生きてた時代に生まれたかったなんて、あほなことというて……」

陽子は空になったコーヒーカップの取っ手を指先でつまんで、また離した。初実は、マリリン・モンローと、あの夏の話がどうつながるのかわからなかった。

「そしたら、ある時、たまたま大学の構内で、朝永さん見て、充いうたら、ええなぁ、マリリン・モンローみたいや、といいだしたんよ」

「マリリン・モンロー、私が？」

初実はあっけに取られた。いったい、どこでどう間違って、寸胴《ずんどう》のころころしていた自分がマリリン・モンローになるのか、わからなかった。

陽子は、薄い唇を少し曲げて笑った。

「忘れたん、あの頃の朝永さん、ほんと、ちょっとした小型マリリン・モンローみたいな体つきしてはったやない」

「そんなこと、思ってもなかった」

初実は呟いた。自分は、デブでブスだと思っていたのだ。どうして、マリリン・モンローなんか想像できるだろう。

「充があんまりいうもんやよって、私、悔しくなったんよ。それで、あの日、あんなことしたの。あの後、充にいうたったわ。私、マリリン・モンローとキスして、抱きあってきたで、て」

陽子の黒々とした瞳が深く輝きだした。あの日、芝生の上に立っていた陽子の燃えるような眼差しを思い出させた。

「充いうたら、いきなり、私に抱きついてきてんよ。ほうや、マリリン・モンローかいなって。私、あんたの代わりに、充にキスして、抱きついたった……」

唇を吸いとるような激しいキス。肉体をつかみ取ろうとするかのような愛撫《あいぶ》。芝生の上での陽子の仕草のひとつひとつが、初実の脳裏に蘇ってきた。あれは、初実になりたいという欲望だったのだ。

陽子は確信のこもった声で続けた。

「その後、私があんたになった。私、充のマリリン・モンローになったんやわ」

脂肪をまとわりつけ、丸々とした頬をして、陽子は微笑んだ。ボルドー色に塗った唇の間に、深い亀裂《きれつ》が走った。その亀裂の奥底に、二十年という歳月が横たわっていた。陽子に呑みこまれた、初実の二十年が。

アドニスの夏

A la mi-août
Les filles n'ont pas peur
Du loup

夏の盛り
娘たちは
狼なんか怖くない

おっぱいには、厄介事が詰まっている。

乳房が膨らみはじめた小学校六年の時、菜美《なみ》はそう考えはじめた。きっかけは、国男だ。国男はクラスの悪戯《いたずら》っ子の一人だった。他の男の子と一緒になって、女の子をからかい、馬鹿にしてまわっていた。ことに菜美に対しては、昼休みや放課後になると、日課のように近づいてきては、「マメダヌキ」だの「ぽんぽこぽん」だのといって、執拗《しつよう》にからかった。

豆狸は、菜美のあだ名だった。目がくりくりしていて、鼻も唇も小さな菜美は、いつの頃からか、男の子たちにそうからかわれるようになっていた。菜美は、それを耳にすると、相手に猛然と突っかかっていった。本気で怒ったわけではない。ゲーム開始の合図のようなもので、菜美は、プロレスごっこをしているみたいで楽しかったのだ。

秋になったばかりの放課後のことだった。その時も国男は、「ぽんぽこ菜美、ぽんぽこぽこぽこ」といって、自分の腹を両手で叩くふりをした。ちょうど教室には誰もいなかった。菜美は、「うるさいっ」と叫びながら、国男にぶつかっていった。腕をつかみ、脚をひっかけ、頭を押しのけ、お互い相手を床に押したおして、馬乗りになろうと揉《も》みあっているうちに、国男が菜美のブラウスの胸ぐらをつかんでひっぱった。

スナップ・ボタンで留められていただけのブラウスの前が、ぱっと左右に開いた。そのとたん、国男は蛇に出くわしたみたいに、菜美に背を向けて、ばたばたと逃げだしたのだった。菜美は白いシュミーズを露《あら》わにしたまま、廊下に飛びだしていく国男をあっけに取られて眺めた。白いシュミーズに、ちょっぴり膨らみはじめた乳房と、つんと突きだした乳首が浮きあがっていた。

それから国男は、以前のように菜美をからかって、喧嘩をしなくなった。他の男の子たちと一緒に、ふざけあったり、ドッジボールや野球をしたりして、昼休みや放課後を過ごすようになった。菜美は、つまらないなと思い、もしかしたらこの変化は、自分の膨らんできた乳房と関わりがあるのではないかと考えるようになったのだ。

ひとつのことが気になりはじめると、すべてが、そのことに関わりあっているように思えてくるものだ。以来、菜美は、自分の乳房が大きくなってくることと、身のまわりの変化とを結びつけるようになった。

中学校に入って、男の子たちばかりで固まり、女の子たちは別世界の奴らだといわんばかりによそよそしくなってきたこと。体育で、男女が分けられ、男子生徒が柔道や剣道などおもしろそうなことをしている間に、女子は、柔軟体操やソフトボールといった退屈なスポーツをしなくてはいけなくなったこと。男子が金槌《かなづち》や鋸《のこぎり》を使って本箱や文机《ふづくえ》などを作っている間、女子は指の先を針で突っつきながら、裁縫したり、料理を作ったりしなくてはいけなくなったこと。こんなことも、すべて乳房に関わりがあるように思えてきた。

実際、中学生になると、菜美は自分の乳房を無視することはできなくなった。それはまるまると膨らみはじめ、ふたつの風船のようにどこかに浮いていきたがり、走ると、胸からちぎれて飛んでいってしまいそうに思えた。母がブラジャーを買ってくれたが、菜美は、胸を窮屈に包みこむその布の袋が嫌いだった。ブラジャーをするたびに、箱の中に閉じこめられた気分になった。

ほんとのところ、菜美は、ブラジャーに閉じこめられた乳房だった。朝八時半から午後四時まで、学校というブラジャーに締めつけられている。空にふわふわと浮いていきたくても、布の袋にしっかりと抑えつけられていて、身動きできない。

菜美は毎朝、嫌々、ブラジャーを胸にはめ、嫌々、学校という袋に入っていくようになった。まったく学校はつまらなかった。黒板に先生が書いたことをノートに写し、先生が質問することに答える。黒板のいらない体育の時間も、生活科学の時間も、やっぱり先生の指示に従うことに変わりはない。休み時間の友達とのお喋《しゃべ》りも、ベルの音とともに分断され、放課後は誰もが塾やお稽古《けいこ》ごとに通うために、そそくさと帰っていく。

ほんのちょっぴり息抜きができるのは、掃除の時間だった。掃除の時間になると、いつだってさぼる男の子がいる。そんな男の子を追いかけて、「掃除、しなさいよっ」と叱《しか》っているのは楽しかった。男の子と追いかけっこしているうちに、掃除の時間は過ぎていく。それは、男の子と喧嘩して、はしゃいでいた小学校の頃の楽しさを蘇《よみがえ》らせた。

その事件が起きたのは、中学二年の春のことだった。中庭の掃除当番だった菜美は、竹《たけ》箒《ぼうき》を手にして、桜の樹の下にいた。竹箒を肩で支え、かがみこんで、枯葉を塵《ちり》取《と》りに掃きいれていると、四、五人の男子生徒たちがふんぞり返って中庭を突っ切ってくるのに気がついた。クラスは違うが、同じ学年で、不良として幅を利かしているグループだった。

ボス格の拓生《たくお》は、体格のがっちりした、にきび面《づら》の威張りくさった少年だった。話したこともなかったが、その横暴な態度で、菜美は拓生が嫌いだった。菜美は彼らを無視して、枯葉を塵取りに押しこんでいた。すると拓生は通りすがりに、菜美の尻を蹴とばしたのだった。菜美が前につんのめった拍子に塵取りがひっくり返り、せっかく集めた枯葉が地面にぶちまけられた。

「なにすんのよっ」

菜美は拓生を睨《にら》みつけた。拓生は、「なんだとぉ」と凄《すご》みをきかせて、菜美を睨み返した。菜美の中に、ひやりとした恐怖が生まれた。小学校時代の菜美だったら、そのまま突っかかっていっただろう。しかし、相手は逞《たくま》しく、荒々しい少年だった。こんな相手と喧嘩を始めたら、もうプロレスごっこではいられないということを、菜美は瞬時に体のどこかで悟っていた。

二人の間に緊張した空気が生まれた時、拓生にくっついていた少年がいった。

「こいつ、うるさいから放っといたほうがいいぞ」

それは菜美と同じ小学校から来た子だった。小学校の時、プロレスごっこまがいの喧嘩をしたこともある。それを聞くと、拓生は、ふん、と喉から声を出して、肩をいからせて向こうに行ってしまった。菜美は、その黒い学生服の後ろ姿を憤然として見送った。

以来、学校生活唯一の息抜きだった掃除の時間もまた、色褪《いろあ》せたものと変わっていった。

「よっちゃんがね、今度の夏、フランスに遊びにきたらどうかっていってるのよ」

母がそんなことをいいだしたのは、六月のことだった。夕食を食べた後、菜美と妹の和恵と三人でテレビを見ながら、紅茶を飲んで、フルーツケーキを食べていた時だった。父は、いつものようにいなかった。菜美の父が平日の夕食時に家にいるのは、週に二日あればいいほうだ。いつも仕事の人と一緒に、外でお酒を飲んで、菜美と和恵がベッドに入る頃に帰ってくる。

「フランス、に」

菜美は聞き返した。小学校五年生の和恵は、フランスがどこにあるかよくわからないながら、クラス中の子の誕生パーティに一度に招待されたように、ぽかんとしている。

母の妹の佳子《よしこ》は、フランスに住んでいる。短大を終えて、フランスの語学学校に留学して、そのまま暮らしはじめたのだと聞いていた。時々、きれいな絵葉書や、花やリボンの絵で飾られたチョコレートやキャンディーが送られてくる。佳子叔母の「よっちゃん」という愛称は、外国のロマンチックなイメージに包まれていた。

しかし、菜美には、佳子叔母に会った記憶は一度しかない。小学校五年の時、佳子は、茶色の髪の外国人の男と一緒に、菜美の家に現れた。おかっぱにした黒髪と真っ赤な口紅、胸の大きく開いた菫《すみれ》色のドレスを着て、香水の匂いを漂わせていた。連れの男を、夫のピエールだと紹介し、菜美の家に、水の中で話しているようなフランス語を撒《ま》きちらして消えていった。

「夏の間、お城を借りたんですって。とっても大きなところだから、みんなで来たらどうかといっているのよ」

お城、と聞いて、菜美と和恵は興奮した。

「お城って、ディズニーランドみたいなお城」と和恵が聞いた。

「塔がいっぱいあって、旗が立ってるのかしら」

菜美も、前年に行った東京ディズニーランドの城を思い出していた。

「行きたい、行きたい」

菜美と和恵は口を揃えた。母は姉妹の合唱にくすぐられるように微笑んだ。

「パパは仕事で忙しくて行けないけど、私たち三人で行ってもいいっていってるの」

「やったぁ」

和恵が叫んだ。菜美は、妹ほどには有頂天になりこそしなかったが、やはり体いっぱいに、うずうずするものが広がってくるのを感じていた。フランスのお城。王子さまやお姫さまの住んでいる場所。そこでは何か途方もないことが待ちかまえているように思えた。

その時から、菜美の頭は、フランスのお城でいっぱいになった。毎日、カレンダーを眺めては、一日一日と夏休みが近づいてくるのをじれったい思いで待つようになった。

学校の退屈さも、以前ほど苦痛ではなくなった。なにしろフランスのお城が待っているのだ。黒板に書かれた文字を書き写すだけの授業も、男の子たちを追いかけることのなくなった掃除も、学力テストも期末試験も、目をつぶって我慢した。つまらない毎日だと思うたびに、フランスのお城、とお呪《まじな》いのように心の中で呟《つぶや》いた。

フランスのお城は、ディズニーランドとは違っていた。ほんもののお城でもなかった。旗のひらめく尖《とが》った塔もないし、王子さまやお姫さまの眠る天蓋《てんがい》つきベッドもない。それは、田舎のなだらかな丘の上にある、四角い大きな屋敷だった。

青灰色の屋根のついた三階建ての館《やかた》だ。木々の生えた敷地内には、納屋がふたつ。周囲は洋瓦《ようがわら》の載った塀で囲まれている。

菜美はちょっとがっかりした。しかし、その落胆はすぐに消えていった。

お城ではなくても、正真正銘のヨーロッパの大きな館だったし、村を見下ろす丘の上にあるのが素敵だった。かつては貴族の別荘だったという館は改造されていて、四つの住居に分かれていた。一階にふたつの庭付き住居、二階と三階をそれぞれ分けて家族が住めるようになっていた。どれも別荘として利用されていて、一階の庭つきの西側の家を、佳子とピエールが夏の間、借りたということだった。

菜美と和恵は、シングルベッドがふたつ入った寝室を与えられた。母はダブルベッドの入った客用寝室だった。

「お義兄さんも来ればよかったのにね」

飴《あめ》色の洋服箪笥《だんす》や、安楽椅子、ビロードのベッドカバーのついた豪華な寝室に見とれている母に、佳子は残念そうにいったものだった。しかし母は顔の前で手を横に振った。

「いいの、いいの。うちの人、こっちに来たって、やれ、冷《ひ》や奴《やっこ》に枝豆にビールが飲みたいなんていって、面倒なだけだから」

佳子はそれを隣にいたピエールに通訳し、母は手振りで、枝豆をつまみ、ビールを飲む父の真似をしてみせて、明るく笑った。

菜美は、そんな生き生きした母を、別人に会ったように眺めていた。フランスの空港に着くまでは、赤信号になりかけた横断歩道を、和恵の手を引いて渡る時のようにぴりぴりしていたのに、パリの国際空港で、出迎えの佳子とピエールに会ったとたん、和恵と同じ子供になってしまった。車の窓に顔を向けたまま、「素敵ね、きれいね、ちっとも変わらないのね」と繰り返していた。

結婚前に、一度ヨーロッパに旅行したことがあるという母は、またその頃に戻っていた。見るもの聞くもの、すべてに和恵と一緒になって興奮していた。はしゃいでいること自体に、母は酔っているようだった。たぶん母がそんなだったせいだろう、菜美はけっこう冷静だった。

「フランスのお城」が、ディズニーランドでも、ほんものの城でもないことにちゃんと気がついたし、窓に映る景色は、テレビや写真で見た、たくさんのヨーロッパの景色と同じもので、確かにきれいだったが、初めて目にするものでもないこともわかった。

　菜美の心を捉《とら》えたのは、そんな、どこかで見た景色ではなかった。

　壁を新たに塗られ、改装された館のほんのちょっとしたところに覗《のぞ》く、過去の部分。階段室の下の物入れの中とか、黒光りするほど古い大きな梁《はり》や天井板の木目模様、窓枠の形を残したまま煉瓦《れんが》で埋め潰《つぶ》された壁、玄関の石段のすり切れて丸味を帯びた縁。そんなものを見ると、菜美は、はしゃぐより寡黙になり、その館にかつて貴族が住んでいた頃に引き戻されていった。

　館の他の住居にも、菜美たちと同様、夏休みを利用してやってきたフランス人たちが滞在していた。隣には銀髪の老夫婦、二階には子供三人の家族連れ、三階には二組の若いカップルがいた。

「外人ばっかり」と、和恵は菜美にいったものだった。「馬鹿ね、外人は私たちのほうじゃない」と、菜美は妹の頭を指で弾いたが、菜美だって、心の中では同じことを考えていた。

　佳子叔母は、菜美と和恵に、こんにちは、と、ありがとう、と、はい、と、いいえ、を教えてくれた。和恵は、有頂天になって、朝、誰か見かけるたびに、「ボンジュール」と声をかけていた。相手が返事すると、大喜びで手を振りすらした。母もフランス語を話すことが刺激的であるらしく、やたらお辞儀をしながら、「ボンジゥル」を連発した。

菜美は、母や和恵のように屈託なく挨拶することはできなかった。自分の発音に自信がなくて、口の中でぼそぼそというのだが、相手のところまで届く声ではないことは、自分でもわかっていた。

隣人たちとは、たまに顔を合わせるだけだったが、佳子の夫のピエールは、毎日、そこにいた。歯科技工士をしているピエールは、細かな仕事に就く者らしく、寡黙で慎重な男だった。新聞を読み、散歩をし、決まったテレビ番組を見て、一人でチェスを楽しむ。朝から晩まで、自分なりの日課があり、それに従って暮らしていた。まるで学校の時間割みたいな人だと、菜美は思った。食事の時も、自分にはわからない日本語で喋っている菜美たちの声を、小鳥の囀《さえず》りに耳を傾けるようにして聞きながら、黙々と料理を口に運んでいた。時折、佳子が話題を通訳し、それに対して、ちょっと気の利いたことをいうことで、自分の役割に満足していた。

最初の二、三日は、新しい環境でぼうっとしていた菜美たち三人も、やがて、佳子とピエールに誘われて、あちこち出かけるようになった。近くのピクニックコースに、お弁当を持って出かけたり、丘の麓《ふもと》の村に買物に行ったり、車で海まで出ていって、泳いだりした。そして一週間も過ぎると、それぞれが自分なりの居所を見つけた。母は、佳子との絶え間ないお喋りに埋没し、和恵は二階に住む同じ年頃の子供たちと仲良くなり、一緒に遊ぶようになった。そして菜美は、館から抜けだして、丘を散歩するのを楽しむようになった。

緑の牧草地と、煙るような鶯《うぐいす》色の林が綾織《あやお》りの敷物のように混じり合う丘陵地には、さまざまな小径が絡みあっていた。菜美は、それらの小径から小径を渡り歩いた。見晴らしのいい丘陵地だから、迷う心配はなかった。それに、さほど遠くまで行くことはなく、館の周囲を、トンボのようにぐるぐる巡っていた。小径のほとんどはアスファルトが敷かれてはいなくて、草の中に二筋の土色の轍《わだち》が延びているだけだ。菜美は、穏やかな風景の中を飽きることなくそぞろ歩いた。木の枝を揺らす小鳥や、草をはむ牛、トラクターで通り過ぎる農夫たち、丘陵地に点在する農家。テレビや写真とは違って、それらが目の前に実在した。菜美は、目にするすべてのものに見とれながら時を過ごした。

その小径に入りこんだのは、そんな散歩の途中だった。林の中に続く静かな小径で、いつも涼しい木陰ができていた。瑪瑙《めのう》色の淵《ふち》が鈍い光を湛《たた》え、小鳥が川のせせらぎと合唱していた。白地に黄色い小花を散らしたワンピースに、肩までかかる髪を後ろに流し、菜美は自分の城の庭を歩く王女さまのように、ゆっくりと、ひとつひとつの情景を味わいながら歩いていた。

川の畔《ほとり》の大きな樹の下で、一人の少年が釣りをしていた。樹の幹に背中をもたせかけて、釣り竿《ざお》を川面《かわも》に長く伸ばし、じっと佇《たたず》んでいる。あまりに静かにそこに座っていたので、すぐ近くに行くまで気がつかなかった。

少年は、菜美より少し年上らしく思えた。草の葉がひっかかった、くしゃくしゃの金髪。青い格子柄のシャツに半ズボン、裸足を草の上に投げだしている。横には、魚を入れるためらしい、泥に汚れた緑色のバケツを置いていた。

少年が自分に気がついたら、「ボンジュール」といわなくてはならないのだろうか。うまくいえるだろうか。気がつかないでいてくれたら、いいのに。そんなことを心配しつつ、菜美は少年の背後を通りすぎようとした。

少年は菜美のほうに頭を動かした。菜美は、挨拶、挨拶、と考えながら、少年に向かって微笑みかけようとした。

しかし、少年と目が合った瞬間、ボンジュールの言葉は止まってしまった。頬骨が高くて、つんと上向いた鼻。半ば開いた薄い唇が、野性的な感じを与えていた。貝ボタンのように丸く青い瞳が、菜美をしっかりと捉え、そこに釘付けになった。その視線に搦《から》めとられて、菜美の全身が強《こわ》ばった。

写真のフラッシュが閃《ひらめ》いた時のように、菜美の網膜に、釣り竿を手にして、木陰に佇む少年の姿、その丸い瞳が永遠に灼きつけられた。すべてのものがその一瞬、動きを止めたようだった。しかし、実際は、菜美の足は前に進みつづけていた。菜美の目は反射的に、少年から逸《そ》らされていた。少年はそれでも菜美をまじまじと見つめている。菜美は、その視線に晒《さら》されていることを強く意識しながら、小径を何事もなかったかのように歩きつづける。

ほんとうは、その場で立ち止まりたかった。少年と永遠に視線を交わらせていたかった。しかし、菜美はブレーキの利かなくなった電車のように、ただ緑の小径を歩きつづけるだけだ。

ずいぶん歩いてから、たまらなくなって、そっと振り返った。少年は、樹にもたれかかって釣り糸を垂れていた。菜美をもう見てはいなかった。その姿は黒い影となって、樹の幹に溶けこんでいた。

「ヨーロッパって、いつまでたっても夜にならないのね」

夕食の時、母が感嘆していった。菜美たちは、庭のテラスにテーブルを出して、鶏のワイン煮込みを食べていたところだった。

もう八時だというのに、外はまだ明るかった。太陽は沈んでいたが、空全体が菫色に染まっている。黄昏《たそがれ》の中で、庭の木々も茂みも石膏《せっこう》像のように静止して見えた。

「ほんと、私もこっちに来て最初の夏はびっくりしたものよ。考えてみると、フランスって、北海道よりも緯度は高いのよ、当然よね」

佳子叔母がいって、ねぇ、と隣の夫にフランス語で話しかけた。ピエールは頷《うなず》いて、微笑みながら何か答えた。

「これでも、まだ夜は長くなったほうだって。六月の夏至《げし》あたりは、十時くらいまで明るいって」と、佳子が通訳していると、またピエールが思い出したようにフランス語でつけ加えた。珍しく興に乗って、一気にぺらぺらと喋りつづけた。佳子がその間に言葉を挟み、二人はしばらく話に夢中になった。

菜美は青い薄闇の漂う庭をぼんやりと眺めながら、パンをちぎって口に放りこんだ。そして、あの昼間に会った少年も、今、この近くのどこかで、家族と一緒に食卓を囲んでいるのだろうかと考えた。散歩から帰って以来、菜美の心は常にあの川辺の小径に戻っていってはそこに留まっていた。

「ピエールは、子供の時、夏至の頃には森には行かないようにって、よくいわれたそうよ」

夫の話が一段落つくと、佳子は菜美の母に説明をはじめた。

「ことに夏至の前の晩には、妖精や生霊や死霊が出てくるといわれて、震えたもんだって。夏至の夜には、聖ヨハネ祭りってのがあって、村の広場で火を焚《た》いて、その周りで踊ったんですって」

「夏至って何」と、和恵が聞いた。

「一年で一番、夜の短い晩よ」

母が返事している横で、ピエールが手を叩いて、小声で歌いだした。

「ア・ラ・ミオゥ、レ・フィーユ……」

佳子が笑いながら、「これが、その時の歌だったんだって。真夏には、女の子たちは狼を怖がらない、っていう意味なの」と口を添えた。

「どうして」

和恵が尋ねた。母と佳子は目配せを交わした。

「勇敢になるのよ」

佳子は簡単に答えて、「それから、アドニスの園という風習もあったんですって」と話を続けた。

「アドニスって聞いたことあるわ」

母がすかさずいった。大人たちの話に置き去りにされた和恵は、頰を膨らませてフォークで鶏の肉を突きさしはじめた。

「アドニスってのは、ギリシャ神話に出てくる美貌の若者なのよ」と佳子が説明を始めた。「そのあまりの美しさに、美と愛の女神のアフロディテが夢中になって、どこに行く時も離れなかったって話。だけど、猪《いのしし》の牙《きば》に突きさされて死んでしまったの。悲しんだアフロディテは、アドニスの血を赤いアネモネの花に変えたのよ。それで毎年、アネモネが咲くごとに、アドニスは蘇り、散るごとに死んでいく。アドニスは、死と再生を表すようになったのね」

菜美は、アフロディテの気持ちがわかるなと思った。菜美が菜美でなかったら、あの少年にくっついて、どこに行く時も離れなかっただろう。だけど、菜美はやっぱり菜美で、立ち止まることすらできなかった。

「アドニスの園というのは、女の人たちが大麦や小麦の種を蒔《ま》いて、八日の間、育てるんですって。それを夏至の晩に川に投げいれたんだって。秋の豊作を祈るお呪いだったみたいね」

「フランスでも、そんなお呪いなんてするの」

「あたりまえじゃない。人のいるところ、お呪いはどこでもあるわ」

菜美はもう母と佳子叔母の話を聞いてはいなかった。胸がふさがっていて、食欲も湧かなかった。

夕食が終わると、菜美は早々に寝室に入って、ベッドに横になった。窓の外はまだほんのりと明るかった。空にようやく星が瞬きはじめていた。湿った草の匂いに混じって、テラスに残った佳子とピエールがぼそぼそとフランス語で話しているのが聞こえてくる。

あの少年も今はベッドに横になっているだろうか。菜美は、またそんなことを考えていた。少年の顔が灼きついていて離れない。目を閉じると、釣り糸を垂れていた姿が浮かびあがってくる。

胸がどきどきして、菜美は手をあてた。乳房の膨らみが、掌にすっぽりと入った。菜美の手は心臓をつかみだそうとするかのように、乳房を揉んでいた。そうすると、太腿の奥まで熱くなってきた。その夜、菜美は、家の中が静まりかえった後までも、ベッドの中で寝返りを打っていた。


翌日、菜美は、朝食を食べ終えると、すぐに昨日の小径に行ってみた。川辺の樹の下に、少年の姿はなかった。

わかっていたことだ。まさか昨日と同じ場所にいるはずはない。そう思っても、落胆は消えなかった。

菜美は、少年が座っていたところに腰をおろした。木陰になっていて、居心地がいい。目の前に、川が薄い透明な幕となって横たわっている。川底の小石や藻が透けている。昨日、少年が目にしたものを見ているうちに、もしかしたら、今にも少年が現れるかもしれないと思って、胸がどきどきしてきた。ほんとにここに現れたら、どうしたらいいのだろう。ボンジュールといったら、もう後は続かない。うろたえて、逃げだしてしまいそうだった。

これまでクラスの男の子に恋していると思ったことはあったが、それとは、とても違っていた。これまでは、憧れていただけだった。せいぜい胸がほのぼのと温かくなっただけだった。だが今は、体全体が火照《ほて》って、落ち着かない。走りだしたいような、泣きたいような、叫びたいような、自分でも訳のわからない気分だった。

ぎい、ぎい、ぎい。何かがきしむような音がした。振り向くと、自転車に乗った男が、ゆっくりとペダルを踏んで小径を走ってきていた。ペダルの付け根が錆《さ》びているのだろう、男が自転車を漕《こ》ぐたびに、きしむ音が響いていた。ベレー帽をかぶり、顎鬚《あごひげ》を生やした男は、菜美を認めて、「ボンジュール」と太い声でいった。

「ボンジュール」

菜美は小さく返事した。

ぎい、ぎい、と音をたてて、自転車は小石を弾きとばしつつ、小径を遠ざかっていった。菜美は男の姿が消えると、腰を上げた。そして館に引き返していった。

館に戻ると、車庫からピエールの車が出されて、玄関口に止められていた。化粧をして、薄黄色のツーピースを着た母が、菜美を見つけるなり、「どこに行ってたの、探してたのよ」と咎《とが》めるようにいった。

これから、みんなで近くの町に行くのだという。そういえば朝食の時、どこかに行くといっていたが、菜美は上の空で聞いていたのだった。ガイドブックにも載っている古い教会があって、気の利いた店やレストランがあるのだと、母は佳子からの受け売りをまくしたて、菜美を車に押しこんだ。

ピエールの運転する車は、丘を下って、村へと降りていった。助手席には佳子、後部座席に、和恵を真ん中に挟んで、菜美と母が乗っていた。村の広場では、七、八人の少年たちがサッカーをして遊んでいた。菜美は開けた車の窓から、少年たちの顔を一人ずつ見ていった。その中にあの少年がいないかと思ったのだが、いなかった。もしかしたら、再び会うことのないまま、日本に戻ることになるかもしれない。そう考えて、泣きたくなった。たった一度きり見ただけなのに、どうしてこんなに気もそぞろになっているのか、不思議だった。

「菜美ちゃん、昨日から、塞《ふさ》いでいるわね。もしかしたら、お客さんかな」

佳子叔母が助手席から、首を捻《ひね》って聞いた。

「ううん」と、菜美は不機嫌に答えた。塞いでいると、生理だと思うなんて、単純だと思った。

「フランスに来たショックが、今頃出てきたのかもしれないわね」

母が、和恵の頭越しに菜美を見た。菜美は黙っていた。母は苦笑いしながら、佳子にいった。

「菜美は、お父さん似なのよ。うちの人も、枕が替わると寝つけないたちでね。この旅行に来ていたら、睡眠不足になっちゃいそうよ」

「姉さんったら、お義兄さんが来なかったこと、喜んでない」

「わかるかしら」といって、母は明るく笑った。

「まったく、あれほど熱烈な恋愛の末に結ばれたくせして、冷たいのね」

「結婚して十五年も経つと、ときめきなんか色褪《いろあ》せるに決まってるじゃない。あんたとピエールはどうなの」

「私のところは、まだ三年目だもの」

「今にわかるわよ」

「そしたら、お互い夫は家に置いて、一緒に世界旅行でもしようか」

佳子叔母は弾かれたように前に向きなおり、姉妹の会話をピエールに通訳した。ピエールがおどけた調子で母を振り返り、何かいった。

「ピエールったら、そしたら、お義兄さんを家から引きずり出して、ついていくって」

佳子が夫の言葉を告げると、母は、「お熱いこと」と応じた。車の中は陽気な空気が漂っていた。

車は村外れにさしかかっていた。白や茶色の壁の三角屋根の家々がぽつぽつと並んでいる。路傍を一人の少年が、紙包みを抱えて歩いていた。包みの上から、バゲットが二本、突きだしている。車が追いぬいた時、菜美の目に少年の顔が映った。昨日の少年だった。

菜美の心臓がどんと打ち、指の先まで振動が伝わった。少年は白いTシャツに長ズボンを穿《は》き、素足をズック靴に突っこんでいる。菜美に気がついて、その青い瞳を見開いた。

車はあっという間に少年から離れていく。菜美は後ろを振り返った。少年は道路に佇んで菜美を見つめている。

菜美の胸はちぎれそうになった。このまま車を降りて、少年のそばに行きたかった。行って、どうしたらいいかわからないけれど、ただ、行きたかった。少年の姿が黒い点となって消えてしまうと、菜美は座席に体を沈めた。そして町に着くまで、幾度となく先ほど見た少年の姿を思い起こしていた。


次の日、ベッドで目覚めた瞬間に、菜美は、あの小径には行かない、と決めた。少年はいないに決まっている。がっかりしたくはない。菜美は、朝を、和恵とトランプをして過ごした。トランプのカードを見ながら、行かない、行かない、と心の中で何度も繰り返した。


しかし、昼食を食べて、日本から持ってきた漫画をめくりながら部屋のベッドで横になっていると、心の底がフライパンで炙《あぶ》られているように、ちりちりとしてきた。

家の中にじっとしている一分一秒が、水道の水を垂れ流しにしていると同じく、もったいなく思えてきた。菜美は突然、起きあがると、服を着替えだした。白い木綿の丸首ブラウスに、さくらんぼ色のミニの巻きスカートを穿いて、髪の毛を何度も梳《と》かしつけ、サンダルを突っかけて、館を出た。あの小径には行きはしない。村まで散歩するだけだ。菜美は自分に言い聞かせた。

館から村に下る道をとことこ歩いていく。午後の太陽が白い雲の間で見え隠れしている。青空が、なだらかな緑の丘陵の背後で広がっている。牧草地の中の道は乾いていて、埃《ほこり》っぽかった。村に着いた時には、菜美は少し汗ばんでいた。

菜美は村の真ん中にある広場を横切り、いつの間にか、昨日、少年の歩いていた村外れの通りに入っていた。通りでは、洗濯物を取り入れている女や、自転車に乗って遊ぶ子供たちがいた。東洋人の女の子が一人で歩いているのを、興味を持って眺めている。しかし、あの少年はいなかった。

菜美は自分の中の落胆を見ないようにして、通りを引き返した。再び館に戻る道へと向かいはじめた時、ぱらぱらと雨が降ってきた。天気雨だった。明るい空から、何かの間違いであるかのように、温かな雨粒が落ちてくる。菜美は雨をしのぐこともしないで、歩きつづけた。甘く柔らかな雨は、今の自分の気分に、ぴったりだと思った。

雨は菜美の髪の毛やブラウスをしっとりと濡らし、村から出る前に止んでしまった。村の家々が途切れようとする頃、どこからか歌が聞こえてきた。菜美は立ち止まり、歌声のするほうに顔を向けた。

通りに面した家の庭で、幼い子供が五人、手を繋《つな》いで輪になって回っていた。隣には、母親らしい女が二人立って、手を叩いて歌っている。

「ア・ラ・ミオゥ
レ・フィーユ・ノン・パ・プゥール
デュ・ル」

子供たちは母親に合わせて歌い、「デュ・ル」といったと同時に、いっせいに地面に座りこんだ。花びらが風に震えるように、女の子たちの色とりどりのスカートが翻った。母親の一人が指を回して何かいった。子供たちは立ち上がり、歌を繰り返しながら、再び回りはじめた。

一昨日、ピエールが口ずさんでいた歌だった。菜美は微笑みながら、その家の前を通りすぎていった。

丘に続く道は、草も道ばたの木の柵《さく》も濡れて、きらきらと輝いていた。遠くの丘陵はくっきりと緑に浮きたっている。湿った地面から、土の匂いが立ち昇ってくる。菜美の頭の中で、さっきの歌の調べが響いていた。菜美はその調べに合わせるように、川沿いの小径に続く道に入りこんでいった。

川沿いの小径は雨の湿った匂いがまだ漂っていた。菜美は、少年が釣りをしていた樹の下に座り、瑪瑙色の川面を眺めた。そして、景色を溶かしこんで流れていく水をぼんやりと見つめていた。

じゃぶ、じゃぶ、と水音がした。下流のほうから、人が川の浅瀬を歩いてくる。手にバケツを持ち、肩に釣り竿をかけている。あの少年だった。やはり雨に濡れたのか、シャツはしっとりと濡れ、金髪はぺしゃんこになっていた。ズボンを膝の上までまくり上げて、脹《ふく》ら脛《はぎ》を水に浸けて、近づいてくる。

少年は、自分の釣り場に菜美の姿を見つけて、口をぽかんと開いた。

まるで夢から立ち現れたような少年を前にして、菜美の頭が動きを止めた。ボンジュールということも忘れ、ただ、そこに座りこんでいた。

少年はゆっくりと菜美に近づいてきた。岸に上がると、釣り竿とバケツを草の上に置き、吸い寄せられるように、菜美の前に座った。

草の葉をシャツやズボンのあちこちにへばりつかせた少年は、眩《まぶ》しそうに菜美の顔を見つめていた。菜美は、その視線にぶつかり、慌てて目を伏せた。

あたりは雨上がりの匂いでむせかえっていた。小径から流れてくる土の匂い、菜美の乾きはじめた髪の毛や服から湧きあがる肌の匂い、少年の汗と緑の混じった匂い。二人はその匂いに包まれて、向き合っていた。

ついと、少年の手が伸ばされ、小鳥の雛《ひな》を抱く時のように、そっと菜美の唇のあたりを包んだ。唇から柔らかな波が湧きあがり、菜美の全身に伝わっていった。少年の手が菜美の顎を滑り、ブラウスに伸びていった。丸首ブラウスの上のボタンを、少年の指が外していく。ブラウスの前が開き、白いブラジャーが現れた。少年は、地面を覆う枯葉を掻きわけるように、ブラジャーの縁をつまんで、横に押し開いた。桜色の乳首と、ふっくらとした乳房が現れた。

菜美は解き放たれたような気持ちになった。体を捻ると、ブラジャーの紐《ひも》が肩から滑りおちた。少年の手が、ブラジャーを下にずらせ、菜美のふたつの乳房が木漏れ陽の中で白々と輝いた。少年は、木の葉の下に埋められた宝物を探すかのように、菜美の衣類をめくっていく。興奮で、少年の息が乱れている。しかし、その仕草は、繊細な細工でできたガラス器を扱うみたいに、優しかった。少年の手に触れられて、菜美は生まれたばかりの雛鳥となった。衣類の殻がはらはらと草の上に落ちていく。

菜美は裸になって、草の上に横たわっていた。少年も服を脱いで、菜美の横に寄りそい、菜美の全身を撫ではじめた。少年の青い瞳は、世界の驚異を目の当たりにしたように輝いていた。そのひと撫で、ひと撫でが、波となって、菜美を揺さぶっていく。菜美は仰向けになって、少年の掌が生みだした海にたゆたいはじめた。

樹の梢《こずえ》の彼方には、澄んだ青空と、萱《かや》の穂に似た白い雲がかかっていた。あたりから水のせせらぎが湧きあがっている。少年の息づかいと、菜美の息づかいが、それに混ざりあっていく。少年の掌が触れるたびに、体から力が抜けていく。少年が菜美の頬に唇をつけた。菜美の全身が浮きあがった。肌と肌が触れあい、押しつけあうたびに、菜美は少年の肉体と溶けあっていく。
菜美は水になり、空気になった。少年と一体となり、小石や水藻の漂う川床の底に、木々の緑の薄闇の奥に、輝く蒼穹《そうきゅう》の中に、溶けこんでいく。
菜美は、少年の肉体に包まれ、少年の肉体を包みこんでいた。どちらがどちらともつかない一体感の中から、あどけない歌声が聞こえてきた。
「ア・ラ・ミオゥ
レ・フィーユ・ノン・パ・プゥール
デュ・ル」
花びらのように女の子たちのスカートが翻り、地面に墜ちていく。同時に、肉体の奥底から湧きでてきた熱い力に菜美は押しあげられた。菜美の唇から吐息が洩れた。その吐息を追い風にして、菜美は、緑の森のさらなる深遠に、青い空のさらなる彼方へと運ばれていった。

二人の兵士の死

死んだ気持ちでがんばれ。

この言葉、誰だって幾度となく小さな時から聞かされてきたはずだ。日本人は死を意識すると、がぜん一生懸命になる。

そりゃあ、もちろん猫に追いつめられた鼠《ねずみ》だって、犬に追われる鶏だって、死を目前にして必死になる。キイキイ、ギャアギャア喚《わめ》き散らす。だけど、日本人が鼠や鶏と違うところは、死を前にして一生懸命になっている自分の姿にうっとりするところだ。

切腹を前にした忠臣蔵の義士だって、敵艦に飛びこむ直前の神風特攻隊の隊員だって、曾根崎《そねざき》心中の徳兵衛、お初の恋人同士だって、みんな、ちょっとはそんなうっとりする瞬間があったはずだ。だからこそ、この勇敢とも思える行為に飛びこんでいけたのだ。

二十一世紀になっても、日本人のそんなところはあまり変わっていない。というのは、利朗《としろう》の経験から得た感想である。

そもそもの発端は、同居人香名子の友達、朋世《ともよ》が島根から遊びに来たことだった。朋世のことは、香名子からさんざん聞かされていた。

大学時代の仲のいい友達で、卒業すると東京の広告会社に就職したこと。そこでばりばり働いていたが、突然、故郷の島根に戻って見合い結婚をして、中学校教師になったこと。

「まったく驚いたもんよ。派手な広告業界に十年もいた人が、ぽんとお見合いだものね。いくら相手が缶詰会社の御曹司だっていっても、ありゃりゃと思ったっけ」

香名子は居間の絨毯《じゅうたん》の上にあぐらをかいて座り、ビールを飲みながら、利朗に話したのだった。

「だけど社長夫人が、なんでまた中学の教師なんて、しょぼくれたことしてんだい」

利朗はそう聞くと、ピーナッツを宙に放りあげて、口で受けとめた。香名子もそれを真似た挙げ句に、膝の上にピーナッツを落として、唇を突きだした。そしてピーナッツをつまみあげ、ひと睨《にら》みしてから、口の中に投げこんだ。

「この前の同窓会で会った時にいってたけど、奥様業にも退屈したんだって」

ぽりぽりと音をたててピーナッツを囓《かじ》った香名子は、利朗の膝によりかかって続けた。

「でも、その後、うちに来て泊まった時、打ち明けてくれたんだけど、だいたい見合いして結婚したのは、職場で妻子のある男と関係しているのが辛くなったせいだったっていうの。にっちもさっちもいかなくなって、再出発をしようと故郷に戻って、見合い結婚したんだって」

　ふうん、と利朗は呟《つぶや》いた。香名子は、利朗の男根をトレーナーのズボンの上から指先でちらちらと触って遊びはじめた。利朗はくすぐったさと心地よさをつまみにして、ビールグラスを傾けた。

「ところがね」と、香名子は、利朗の男根の自立心を煽《あお》りたてながら、再び話に戻っていった。

「よくよく問い質《ただ》してみたら、また、やってるというのよ。生徒の父親との情事。中学校教師になって、またもや元の木阿弥《もくあみ》の状態に戻ったってわけ」

「まあ、結婚生活、それで楽しめたらいいじゃないか」

「まあね、朋世もその刺激を愉《たの》しんでいるみたいだったわ」

　香名子はつんつんと利朗の男根を突っついた。男根はすでに牛蒡天《ごぼうてん》ほどにこりこりとしてきていた。それから二人は、朋世の私生活の噂は放りだして、もっと刺激的な実際的営みへと移っていった。

　それが、香名子と同居しはじめた三年前のことだった。以来、香名子がたまに朋世と電話や年賀状でやりとりをするたびに、学校の文化祭で忙しいらしいとか、家を改築しているとか、舅《しゅうと》が怪我して入院したとか、当たり障りのない近況報告を、利朗は耳にしてきた。

そこに、突然、朋世が東京に遊びに出てくるという話が持ちあがったのだ。

一週間ほど泊めてくれないかという依頼の電話を受けた後、香名子は利朗にいった。

「中学校の教師、休職中だって。暗い口調だったわ。なんだか悩んでいるみたい。泊めてあげていいかしら」

二人の住んでいるマンションには、誰が来ても気易く泊まれるように客用寝室もある。これまでにも利朗の親友が十日ほど居着いていたこともあった。「いいさ」と利朗は自分の男根を指さして答えた。

「朋世さんが、こいつをそそるような女だったら、三人でひとつベッドに寝るのもいいしさ」

香名子は利朗を睨みつけて、ふん、と鼻先で息を吐いた。


朋世は萎《しな》びた蜜柑《みかん》みたいな女だった。色白の丸顔を、ゆるいパーマをかけたショートカットの髪の毛がフリルのように囲んでいる。蜜柑が新鮮だった頃は、きっと魅力的だっただろうが、今では肌は張りを失い、肉体もどこか疲れた感じが漂っている。目鼻立ちがくっきりしているだけに、集約性を失って瓦解《がかい》しつつある惑星のような印象があった。

島根から羽田に着いた日の夜、朋世は、フローリングの床に絨毯を敷き、座卓を置いたマンションの居間で、利朗と香名子相手にぽつぽつと突然の上京について説明した。

「疲れたのよ、なにもかも」

朋世の言葉は、これにはじまり、これに尽きた。

優しいけど、退屈な人、の一言で片づけられてしまう夫、スーパーの安売日と子供のことになると、にわかに熱中する近所の奥さん連中、洗面器の中のような地方都市の狭い人間関係。生徒の父親との情事すら、四年も続けば、その人間関係のひとつのような日常事となる。

「別れようと思ったのよ。だけど、この相手を失えば、私の生活はますます退屈なものになる。そんな気持ちもあって、ずるずる続けてたの。そしたら、二ヶ月前に、勤めていた中学校の校長さんに差出人不明の手紙が届いたの。私たちの関係を告げ口する文面のね。心ある父兄の一人より、って、手紙の最後に書かれていたってわけよ」

朋世は唇の片側を開いて、大仰に顔をしかめてみせた。白い犬歯が覗《のぞ》き、狼に似た表情となった。いかにも地方の裕福な家の奥様然とした雰囲気に不釣り合いで、利朗は、おや、と思ったが、朋世は素早く唇を閉じてしまい、次の瞬間には、萎びた蜜柑顔に戻っていた。

「もちろん、私は否定したわよ。だけど噂は大きくなっちゃって。結局、休職願いを出したの。だけど、家にいても、今度は居心地が悪いの。もちろん、噂は夫にも、同居している義父母にも聞こえているわけでしょ。いたたまれなくなって、こっちに出てきたの」

朋世はウイスキーの烏龍茶《ウーロンちゃ》割りを舐《な》めて、溜息をついた。

「家から離れて、自分のことやこれからのこと、ゆっくり考えてみたいと思って」

「離婚したらいいじゃない。子供もいないことだし」と、香名子が気軽に応じた。朋世は哀しげに微笑んだ。

「離婚しても、どうするってあてもないし。また東京に出てきて働くには、歳を取りすぎてるし……」

「やだ、歳なんていわないでよ。あんたと私、同い歳なんだから」

香名子が朋世の肩を揺すった。利朗より五歳年上の香名子は三十七歳だ。利朗は、香名子とつきあっていても、歳の差は感じない。しかし、香名子の言葉を聞いて、改めて、目の前の朋世と見比べてみて、自分の恋人の若々しさに気がついた。

仕事のせいかもしれないと、利朗はウイスキーの水割りを一口飲んで考えた。香名子は、仲間三人と一緒に介護サービス会社を経営している。直接、病人や老人の介護にあたることはせずに、人の手配や宣伝活動、サービス向上のためにかけずり回っている。自分の設立した会社を大事に育てていこうとする活力が、香名子を若くみせているのかもしれなかった。利朗は、医療機器の製造会社に勤めていて、その関係で二人は知り合ったのだが、つきあいはじめるまで、自分より五歳年上だとは思いもしなかった。最初から利朗にとって、香名子は同じ時代の空気を呼吸する者だった。

「まだ人生、半分もいってないじゃない。介護の仕事だったら紹介したげるからさ、思い切って出てきたらいいわ。それでまたいい男でも捕まえて、やり直したらいいのよ」

　香名子は調子に乗ってそそのかしている。朋世はほとんど飲んでない烏龍茶割りのグラスをテーブルに置いて、かぶりを振った。

「だって、私、香名子とは違って、もう疲れ果てて……」といいかけた朋世を、利朗が遮った。

「心配無用。香名子だって、へとへとになってる時は、皺《しわ》くちゃの紙縒《こより》みたいだけど、休めばまた元通りなんだから」

　朋世が口に手をあてて、ぷっと噴きだした。


　もちろん、その言動について、後で香名子に恨まれた。いくらなんでも、皺くちゃの紙縒とはひどいというのだ。

　翌朝、朋世に留守番を頼み、二人で連れだってマンションを出た時だった。最寄りの地下鉄の駅に向かいながら、香名子は朋世に憚《はばか》って家の中ではいえなかった文句をいいたてた。

「いいじゃないか、友達を力づけるためだろ」

　利朗は、香名子の苦情を振りはらうように、デイパックを揺すりあげた。秋の始まりで、少し肌寒い朝だった。二人の周囲を同じ方向に歩く会社員たちが追いぬいていく。利朗も一人暮らしの頃だったら、コンビニの菓子パンを食べながら駅に急ぐ会社員と同様、まっすぐ前を見て駅へと突き進んでいたことだろう。だが、今は香名子と一緒だ。通勤途中の歩道は、二人の散歩道となっていた。

「友達なんていっても、女同士だもの。どこかでいつも水面下の競争があるのよ」

香名子は、微かな苛立《いらだ》ちを示すように、かつかつとローヒールの靴を鳴らしながらいった。

「利朗のおかげで、私、朋世と同じグラウンドに立っちゃったじゃないの」

利朗が、尻の穴の小さな奴だ、と呟いたので、香名子のヒールの音はますます大きくなった。

「まったく女ってのは、よくよく利己主義者だよ。水面下の競争があっても、友達は友達だろ。おまけに朋世さん、人生にめいっているんだぜ。ちょっとくらい地歩を譲ってもいいじゃないか」

香名子は少し考えるように前を向いた。セミロングの髪の毛がさらさらと後ろに流れた。その横顔を、利朗は美しいと思う。特に香名子がこうして前方の宙に意識を集中して考えている時、ぴんと張りつめた空気が額から鼻にかけて漂い、その横顔をより魅力的にする。

ややあって、香名子は、そうね、と答えて、利朗に微笑んだ。

「私たちで朋世を元気づけてあげなくちゃね」

「だろ」と利朗は相槌《あいづち》を打った。

「どんどん、セックスの話でもしてさ、刺激するんだよ」

「あんた、いっつもそこに話を持っていくのね」といったが、香名子は今度は不機嫌にはならなかった。

「一理あるわ。朋世ががっくりしてるのは、男に幻滅したせいだもの。二人でさんざん刺激してあげましょ」

利朗は、香名子のこんなところが好きだ。一度決めたら、まっすぐその方向に走っていく。介護サービス会社が成功しているのは、彼女のそんな気性のおかげもあった。

地下鉄の駅がぱっくりと四角い口を開いていた。ここで二人の朝の散歩はおしまいだ。暗い穴の先には、会社奴隷の押しこまれた電車が待っているだけだ。利朗は飛び込み台の前に立った時のように、一瞬息を詰め、香名子と一緒に階段をたったと降りはじめた。


朋世は、行く末を悩むことしかこれといってやることもないままに、利朗と香名子のマンションに居続けた。日中、外を出歩くこともなくテレビを見て、雑誌をめくり、鬱々《うつうつ》と時を過ごし、香名子の代わりに家事を受け持った。マンションを掃除し、洗濯をして、夕食の支度をした。利朗にご飯をよそい、ビールを注ぎ、利朗の衣類をたたみ、きちんと箪《たん》笥《す》にしまう。香名子は家政婦がいるみたいで楽ちんだといっていたが、利朗はまるで二人の妻がいるような、おかしな気分になってきた。

朋世は家を整えることで、自分の居場所を作りはじめていた。島根の家を出ても、毎日やることは変わってなかった。

島根の家には到着した日に連絡しただけで、後は交渉を断っていた。夫との間は冷戦状態のようだった。友人宅であれ、自分の今までの日常行為を続けることで、精神のバランスを取っているのかもしれないと、利朗は思った。しかしそれでは何のために家を出てきたのかわからない。朋世は、自分の行き止まりの泥の中に埋没して、そこで逆に安定感を得ようとしていた。

「ずっと男日照りだろう、朋世ちゃん。むらむらくることないかい」

朋世が来て三日目の夜、冗談混じりに、利朗はこう切りだした。

朋世は驚いたように目を丸くし、それから皮肉っぽく答えた。

「もう男なんて、けっこうよ」

「あら、ほんと」

隣にいた香名子が聞き返した。

「ほんとだって、色気なんかなくなっちゃったわ」

朋世は箸で自分の作った中国風刺身をつまんでいった。利朗と香名子が戻る前にシャワーをすませていた朋世の髪の毛から、微かにシャンプーの香りが漂った。

「世棄《よす》て人《びと》になるには早いよ、朋世ちゃん、まだまだ魅力的だよ」

朋世は箸を手にしたまま、よく聞こえなかった、というように、小首を傾《かし》げた。白い首がなまめかしく、くねりと倒れた。利朗はもう一度、はっきりと繰り返した。

「朋世ちゃん、まだまだ魅力的だよ」

朋世の瞳にうっとりとした色が宿った。唇が少し開かれ、顔に張りが戻ってきた。香名子が横から援護した。

「そうよ、朋世、まだまだ棄てたもんじゃないわ」

「そうかしらねぇ」と朋世は呟いたが、その声にはわずかながら明るい調子が混じっていた。

「男とのセックスのない暮らしなんか、つまんないぞ、なぁ、香名子」

利朗はいって、香名子に目配せした。香名子は、利朗の合図に気がついて、大仰に頷《うなず》いた。

「ほんと、尼さんになる覚悟したわけでもないんだから、セックス棄てることないわよ」

朋世は黙って、刺身の大きな切れを一口で食べた。利朗は、ゆっくりと口を動かして、刺身を嚙《か》んでいる朋世にいった。

「セックスに関しては、俺、絶対、女のほうが豊かだと思うな。男の快感ってのは、おちんちんにしかないけど、女の快感は全体的だろう。ある時から、体のどこを触っても感じるようになる、だろ、香名子」

それは交わるたびに、二人がこうだああだと話している内容だったから、香名子も相槌を打った。

「そうよ。最初、快感ってのは、このあたりから、じわじわ広がってくるのよね」

香名子は座卓の前で、自分の太腿から腹のあたりをぐるりと示した。

「おまんこだけじゃないのよ。太腿もお腹も、全部含めたところ。そこが全体的にずきんずきんしてくるのよ。ねえ、朋世はそんなことないの」

「まあ……そういえば……でも、はっきり確かめたことないし……」

朋世が会話の内容に戸惑ったように、視線をさまよわせた。利朗は、ここぞとばかりに、背後の棚に置いていたボールペンと、新聞の折り込み広告をたぐりよせた。そして広告の裏に、女の腰の部分の拡大図を描いた。

「ほら、太腿の内側から、おへその下まで、おまんこを中心にした卵形の部分さ。ここが活動しはじめると、女の人は興奮してくる」

利朗は、卵形のところをぐりぐりとボールペンで囲った。

「そうなのよ。太腿のあたりが敏感になって、それがどんどん、どんどん、お腹から上にせりあがってくる。おっぱいから、首、それから口のところまで。それが頭のてっぺんまでいったら、もう、なにもかも、どうでもよくなっちゃう」

話しているうちに、香名子は興奮してきたようだった。あぐらをかいた太腿の内側を、手でさすっている。朋世は目のやり場に困るように、じっと利朗の描いた図を見ている。その喉がごくりと動いて、唾《つば》を呑みこんだのがわかった。

「よく見ると、これって、熱帯の部族の女がつける腰蓑《こしみの》の形みたいだな」

利朗は紙をひらひらさせて、フラダンスのように腰を振った。

「それで、俺たち、ここに名前をつけたんだよな、香名子」

「ええ、そう、サヤっていうの。豆の莢《さや》から考えたの。豆って、クリトリスの隠語でしょ。だから、それを包む豆の莢。でも、セックスでは豆よりも、莢のほうが主導的なのよ、ね、大発見だと思わない、朋世」

香名子が声を張りあげた。サヤの話で、彼女自身、興奮気味になっていた。朋世は強《こわ》ばった笑みを浮かべた。

「まあ……そうかもしれないけど……私、もうしばらくセックスなんてしてないから……」

「俺と試してみるかい」

利朗がいったとたん、朋世の頬が赤らみ、香名子がうんざりした表情をした。

「まったく、あんたって……」

冗談だって、といいたかったが、それをいうと朋世を傷つけることに気がついた利朗は、香名子がまたぶつぶついいだす前に口を開いた。

「だけど、朋世ちゃんだって、一時は、夫と愛人二人とさんざんセックスしたんじゃないか。忘れるほど昔のことでもないだろう」

朋世の眉間《みけん》に皺が寄った。

「過去の話よ」

「まだ身の振り方の始末つけてないんだろう。過去の話じゃないんじゃないか」

朋世はきっと利朗を見返した。

「だからこそ、今はセックスのことなんて考えたくもないの」

貝殻の外に頭を出して周囲を窺《うかが》っていた巻貝が、びっくりして突然ぱたんと蓋《ふた》を閉じてしまったようだった。

朋世を性的に刺激するという試みは見事失敗した。利朗と香名子はそっと落胆の視線を交わしあった。


朋世の滞在した一週間、会社の退けた後で、二度ほど、夜の渋谷や新宿を案内したりしたが、朋世はさほど興味を抱いたようではなかった。マンションにいて、おとなしく自分の殻に閉じこもり、行く末を悩んでいるほうがいいらしかった。

それでも、利朗と香名子は、土曜日、朋世を三浦半島へのドライブに連れだした。寂しげな秋の海を眺めて、海辺の食堂で栄螺《さざえ》の壺焼《つぼや》きや、地魚料理を食べた。海を前にして、朋世はどこか吹っ切れた表情をしていた。

　空になったビールジョッキの並ぶ食堂のテーブルで、朋世は微笑んだ。

「いろいろ、どうもありがとう」

「なにもしてあげてないって」

　利朗が即座にいった。朋世はかぶりを振った。

「ううん、家を離れることができただけでよかったと思う」

「これからどうするか、決心はついたの」

　香名子が期待をこめて尋ねた。朋世の顔が再び曇った。

「わからない。離婚するには勇気がいるし……」

「何をするにも勇気はいるよ。勇気のいらない人生なんか、つまんないんじゃないか」

　利朗の言葉に、朋世の頬が痙攣《けいれん》した。

「そうね……」と、朋世は呟いたが、その後の決心はやはり出てきはしなかった。

　翌日、朋世は出発した。土産物を詰めた荷物を車のトランクに運びながら、朋世はぽつんといった。

「離婚するわ」

　トランクを開いて荷物を受けとった利朗は、この一週間が報われたような、温かな気持ちを味わった。

「そうだね。やり直すのがいいと思うな」

そばでやりとりを聞いていた香名子が、朋世の肩に手を置いた。

「東京に出てくるなら、いつでも相談に乗るわよ」

朋世は緊張した顔で笑おうとしたが、頰が引きつってできなかった。

利朗は運転席に座ると、車を発車させた。助手席には香名子、朋世は後ろの座席だ。窓の外はすでに暗くなっている。通りの両側に並ぶ商店の前や歩道には、夕方の買物や散歩に出てきた人々の影が動いていた。

利朗と香名子は、通行人の中に近所の男を見つけて、ひとしきりその噂をした。毎朝、公園で大きな声をあげて体操をして、家に戻っていく初老の男だ。その途中、犬の散歩にやってくる者に出会うと、ものすごい目で睨みつけ、犬の糞《ふん》の後始末を怠ったりすれば、警察に突きだしかねない勢いで叱《しか》りとばすので有名だった。きっと、犬の糞に尻餅《しりもち》ついたとか、ただごとではないトラウマがあるのだと、香名子と一緒に笑いあってから、利朗は朋世が無言のまま後部座席にいることに気がついた。

バックミラーを覗くと、窓の外を見つめている横顔の黒い影が見えた。ゆったりしたミニのワンピースにジャケットをはおり、身を固くして窓に寄りかかっている。これから待ちかまえていることを考えているのだろう。情事の噂を立てられた末の離婚とあっては、すんなりとはおさまるまい。気楽に、近所の男の噂話に乗ってこられるはずはなかった。

車は高速道路に入っていた。利朗は、朋世を慰めてあげたくなって、「朋世ちゃん、手を握ろう」と、左手を背後に差しだした。朋世は戸惑ったようだったが、おずおずとその手を受け取った。香名子は、利朗の差しだした腕を横目で見たが、ちらりと微笑んだだけだった。香名子も利朗と同様、朋世を力づけてあげたいのだろう。実際、朋世はまるで親に縋《すが》りつく子供のように、利朗の手を両手で握りしめた。利朗はそれに応じて、朋世の手を握りかえした。

手を繋《つな》ぐとは、心地いいことだ。ぬくもりが人から人へと伝わっていく。

「ずっと握っていたいだろう」

右手でハンドルを操りながら、利朗はいった。

「ええ、ずっと」

甘えるような朋世の声が背後から聞こえた。

「どこまで」

「空港まで」

羽田空港までは三十分ほどある。しかし、まあ、それもいいか、と利朗は思った。手を握ってあげること。それが今、人生の難破を前にした朋世にしてあげられることならば。

車の流れは順調だった。それでも片手で運転するのは、かなりの技術が必要だ。ギアチェンジをする時は、ハンドルから右手を放して、ギアに伸ばす。高速道で、信号がないのは幸いだった。利朗は片手で何とか運転しつづけた。

高速道の両側には、林立するビルの窓の明かりが続いている。薄暗い車内で、利朗も朋世も香名子も黙っている。三人の沈黙が、じっとりした粘つくような空気を放っていた。それが何から来るのか訝《いぶか》っていた利朗は、朋世の指が密かに動きはじめたのに気がついた。両手の指先で、利朗の手首のあたりを軽く押しはじめていたのが、やがて掌全体の動きへと変わっていった。利朗の左手を、朋世の小さくて柔らかな掌が包みこみ、羽毛で触るように撫でまわす。その愛撫《あいぶ》はますます濃厚になり、親指で手首の内側をそっと押したり、掌を指でくすぐったり、手首からさらに上膊《じょうはく》部のほうまで伸ばしてきたりしはじめた。

まるで、おまんこの中に手を入れたようだった。朋世のふたつの掌が、温かく、じっとりと、利朗の左手を包みこんでいる。あまりの心地よさに、運転に集中することが難しいほどだ。

しかし、飛行機の時間は迫っている。ここで車を止めることもできない。しかも高速道の上だ。利朗は、朋世の両手に搦《から》めとられたまま、片手運転を続けるしかない。

朋世の両手は愛撫を繰り返しながら、次第に利朗の左手を下方へと引っ張っていく。そこにあるのは朋世の太腿だ。すべすべして、柔らかなふたつの肉の谷間。利朗の左手はまっすぐにその谷間に滑りこんでいく。

困ったな、と思いつつも、左手は独自の行動を取りはじめた。五本の指が朋世の太腿の肉を押しはじめた。前線に送られた五人の兵士のように、五本の指は偵察に進んでいく。ストッキングに包まれた、すべすべした太腿を滑りおりていく。

その先にあるものが何か、五人の兵士たちは知っている。夢中になって、丘の底へと潜りこんでいく。もう身の危険などは顧みない。

前方二目標発見。只今、接近中。

兵士たちの連絡を受けて、司令部にいる利朗の男根が固くなってきた。ズボンを押しあげ、叫びはじめた。

五人の兵士たちはますます夢中になって、匍匐《ほふく》前進を続けていく。朋世の両手が五人の兵士たちを煽りたてる。滑らかな肉の谷はますます狭まってくる。生温かく、湿った空気が押しよせてくる。その中に、おまんこの匂いを嗅ぎとり、兵士たちは勇猛に前進していく。

最前方にいた二人の兵士が太腿の奥に頭をぶつけた。湿った布に包まれた肉丘。朋世のパンティだった。震える肉の柔らかな感触が、薄い布を通して、二本の指を包みこんだ。そのとたん二人の兵士は、朋世の熱くたぎる欲望に焼かれて死んだ。

利朗の耳に、兵士の絶叫が聞こえた。歓喜に溢《あふ》れた断末魔の叫びが。

「空港よ」

香名子の声がした。高速道の上に『羽田空港』という標示が出ていた。

利朗は「ごめん」といって、左手を朋世の両手から引き抜いた。そしてハンドルに手を戻し、空港出口のほうにウィンカーを出した。

羽田空港で車を降りた時、朋世の顔は上気していた。目はきらきらと輝き、うっとりと夢見る表情に包まれていた。香名子が、トランクの荷物を下ろしている時、運転席から降りた利朗は、朋世に向かっていった。

「朋世ちゃん、きれいだよ」

朋世は微笑んだ。そして、香名子が少し離れたところにいることを確かめて、利朗の耳元で囁《ささや》いた。

「次のステップを教えて」

朋世はじっと利朗を見つめて、にこりとした。唇の間から犬歯が覗いて、狼に似た表情になった。その時、利朗は、朋世の意図を理解した。

二年して、香名子は、島根から上京してきた朋世に会った。朋世の宿泊しているホテルのティールームで、紅茶を飲みながら、近況を話しあった。

朋世は、淡いオレンジ色の花柄のツーピースを着て、相変わらず上品な奥様風の格好をしていた。前より少し若返ったようだった。

「今、関わってる婦人運動のシンポジウムでね、出てきたのよ」

朋世は明るく、はきはきした調子でいった。

「うまくいっているみたいね」

香名子は紅茶の中のレモンを取りだして応じた。

「ええ、なんとか、やりがいのあることを見つけたから」

朋世は丸い瞳をきらめかせて、結婚指輪のはまった左手を頬にあてた。その金色の輝きにちらりと目を遣《や》ってから、香名子は唇を横に広げて、にこりとした。

「そうそう、おもしろい話があるのよ」

朋世は、先を促すように目を見開いて、顎《あご》を少し上げた。

「彼と私でね、この前、空港に友達を送りにいったの。東京に遊びにきていて、夜の便で羽田を発つ人だったんだけどね」

朋世の瞳に戸惑いの揺らぎが走った。香名子はティーカップの縁に指をあてて、大仰に笑った。

「二人ったら、車の中で手を握っているのよ。彼女が後ろの座席でね。私、なぐさめてあげているのかな、と思っていたら、突然、彼がいうの。香名子、見てくれよ、俺のおちんちん、固くなっちまったよって。私、慌てて、触ってみたのよ。そしたら、ほんとに固くなっているじゃない。で、彼の手は、友達のパンティの中にあるってわけ」

朋世は雷に打たれたように黙っている。

「で、私、どうしたと思う。コンドーム、コンドームつけてよっ、ていって、慌てて、バッグの中からコンドームを出したのよ。彼は片手で運転してるし、おちんちんは立っているし、手はパンティの中だし……。なんとか路傍に止めて、彼は、その友達とあれしたんだけどね。そうでもしないと、彼のおちんちんも、彼女のサヤもおさまりそうもなかったから」

香名子はついとティーカップを取りあげて、紅茶を啜《すす》った。朋世は視線を店の中にさまよわせている。白い薄手のカーテンに覆われたティールームの中は淡い光で満たされ、客たちが静かに談笑していた。香名子は淡々とした口調でいった。

「その友達、こっちにいた間は、ずっと男なんて興味はないっていい続けていたのよ。だけど最後の晩になって、突然、発奮しちゃったみたい。飛行機に乗る前って、死ぬ前みたいに、どうでもなれって感じで勇気がでるのかもしれないわね」

朋世は沈黙を続けている。香名子は溜息をついた。

「彼女、口とは裏腹に、体はとっても男を求めていたんでしょうね。まあ、車の中でだったけど、利朗が彼女のサヤを鎮めてあげられたんでよかったわよ」

朋世の色白の顔が少しずつ赤くなっていった。香名子は腕時計を見た。

「あら、もうこんな時間、そろそろ行かなくちゃ」

香名子は腰を上げながら、伝票に目を落としていった。

「お茶代は、利朗の二人の兵士への香典ね」

朋世が怪訝《けげん》な顔で、香名子を見つめた。香名子はその視線にちょっぴり哀しげな微笑みで応じると、バッグを肩にかけて、ティールームから出ていった。

母へ

お母さん、ごめんなさい。お盆には帰るといっていたけど、仕事仲間と一緒に台湾に旅行することにしました。帰省できそうもありません。

おまえは、いっつもこうなんだから。遊ぶことばっかり考えて。少しは親孝行でもしたらどう。こんなことをいって、仏頂面《ぶっちょうづら》するお母さんの顔が目に浮かびます。わかってます。口約束だけで、帰る、帰る、といいながら、もう二年も家には戻っていませんものね。私だって、心に咎《とが》めているんです。だから、電話では言いづらくて、こうして慣れない手紙なんか書いている。

だけど、毎日、会社とアパートを往復して暮らしていると、ついつい休みは、友達と旅行して、ぱあっと遊びたくなるのです。そりゃあ、田舎でのんびりするのもいいな、と思うのだけど、やっぱり、おもしろそうな誘いがあると、そっちに乗ってしまう。誘惑に弱い私を許してやって。

この前の土曜日には、友達みんなと車で山中湖《やまなかこ》の近くの川に釣りに行きました。私も小さな魚を一匹、釣りました。川原で火をおこして食べたのが、とってもおいしくって感激しちゃった。帰りは、高速に入る前に車が溝に落ちてしまい、野宿かと大騒ぎ。トラクターで通りかかった小父《おじ》さんに手伝ってもらって、幸い、溝から引き上げることができたけど。そんなこんなで、私はけっこう楽しく暮らしています。だから心配しないでね。

お正月には戻ります。

嘘ばっかり。

私は正月にも家には戻らない。海外旅行の予定が入ったとか、友達とスキーに行くことにしたとかいって、帰らないといいだすだろう。なぜなら、私はちっとも家に帰る気にならないから。

家に戻ると、私が私でなくなる。お父さんとお母さんが頭の中で創りあげた風美子《ふみこ》になってしまう。東京の食品会社の営業部に勤めて、健気《けなげ》に一人暮らしをしている風美子。小さい頃から、明るく、おしゃまで、気がいいといわれた風美子。両親の心の中で、私の成長はそこで止まってしまっている。

本当の私はそうではない。

お母さん、私が土曜日に何をしたか、教えてあげようか。

友達と一緒に車で山中湖あたりに行ったのは本当。お母さんは友達数人で仲良く行ったと想像したことだろう。だけど、友達みんな、というのは嘘。一緒に行ったのは一人だけ。私の恋人だ。お母さんの知らない恋人。お母さんの知っている恋人は、高校時代につきあっていた山本君と、去年、彼氏だといって紹介した川田君の二人きり。山本君と川田君の間には何人かの恋人がいるし、川田君と別れてからは、今の恋人、満男《みつお》がいる。

私は、満男をお母さんに紹介するつもりはない。川田君の時でこりごりだ。川田君を紹介してから、お母さんは事あるごとに、川田君とはどうなってるの、彼、元気にしてる、と尋ねてきた。

その言葉の裏に潜んでいる意味は、すぐにわかる。

川田君とは肉体関係あるの、結婚するつもりなの。どうなの、どうするの。三十二歳にもなって、いつまでも一人暮らしではいられないでしょ。

でも、それをいいたてる代わりに、そうそう菊実ちゃん、二人目の子供を産んだんだって。菊実ちゃんのお母さんに会ったら、産休中に実家に転がりこまれて大変だってこぼしてた、とか、この前、礼子ちゃんに会ったわよ、旦那さんと二人で歩いてた、旦那さん、スーパーの紙袋を両手で持って、召使いみたいにくっついてたっけ、などというような話をする。

中学校の同級生の菊実や礼子のことが話題に出るたびに、私は、お母さんの無言の非難を全身で感じる。

なぜ他の娘のようにできないの。親元で暮らして、親も賛成する男と結婚して、子供を産んで、共働きでも専業主婦でもいいから、夫と二人で家庭を築く。どうしてそんな生き方ができないの。お母さんは心の中で私を責めたてている。私に自分の人生を手本にして歩いてもらいたいのだ。地方の小さな町で、親の営む本屋の店番をして娘時代を過ごし、役所店に来る客の一人と馴染《なじ》みになって、仲人を立てて結婚した。そろばん塾を開いて、役所勤めの夫を助け、娘一人と息子一人を産んで、母として妻として生きてきた。息子は結婚して初孫も生まれ、今ではいいお祖母《ばあ》ちゃんにおさまっている、お母さん。

だけど、その人生を見ていても、私、ちっとも羨《うらや》ましいとは思わない。独楽鼠《こまねずみ》のように立ち働き、空いた時間は、そろばん塾の生徒の親や、近所の人たちとお喋《しゃべ》りして過ごし、夕食時にはテレビを見ながら、お父さんと他愛ない話をする。その話題といったら、噂話か家事の愚痴。お父さんとお母さんの間で、真剣に向かいあった会話なんか聞いたことはない。二人は、家というものを一緒に運営しているだけだ。私には、そんな関係、ちっとも羨ましくない。

お母さん、自分が生きてきた、つまんない人生を娘に押しつけないで。

どこがつまんないの。結婚して、家庭を築く。この人生こそ、幸せじゃない。お母さんはそう言い返すかもしれない。だけど、私にはつまんない。

いったいどうして、夫という名の一人の男だけとのセックスに縛りつけられる人生に、興味を持てというのだろう。

　川田君と別れたのは、彼が結婚をいいだしたから。最初は私だって結婚に興味はあった。だからちょっとだけ同棲を試してみた。おかげで、一人の男と四六時中顔を突きあわすことがどんなに息苦しいことか、よくわかった。その男ときたら、実につまんない奴だったからなおさらだ。

　朝、テレビのニュースを見ながら、新聞を読む。政治や経済の話はするけど、それは、ニュースキャスターや新聞記事の焼き直しだ。デートしていた時は、読書が好きだといっていた癖に、実は本は本棚に積みあげているだけ。いつも手にして通勤するのは漫画雑誌だ。お母さんの気に入った、おっとりした様子というのは、実はある部分だけで、身近に暮らすと、小さなことに神経質なところが目についた。私がトイレの戸を半分開いて、おしっこしたこと、台所の塵袋《ごみぶくろ》を床に置きっぱなしにすること、玄関のドアのチェーンをかけ忘れること。ああ、だけど、それはやっぱり言い訳だ。

　実際のところ、セックスしてもつまらなくなった。毎回、同じ手順。唇にキスをして、乳房を片手で揉《も》んで、もう片手で自分のおちんちんの硬さを確かめ、それから交わる。最初は正常位、それから後ろで、また元に戻る。同じ場所を愛撫《あいぶ》して、同じパターンの体位で交わる。最初は後ろから、それから正常位。時々、おちんちんを口に入れろという。私は渋々そうしてみるが、彼は興奮しても、私はさっぱりだ。精液を飲めといいだすに至っては、うんざりした。つきあっていた時にはいわなかった要求を、同棲を始めたとたんにいいだした。同棲と同時に、私が聞き分けのいい奴隷になったとでも思ったみたいに。私は早々に逃げだした。

お母さんが今も未練たらたらに話題にする、一流商社マンの川田保久とはそんな男だった。だけど、私はそれをいわない。あの興ざめなセックスのことも、同棲していたこともいわない。

まあねぇ、仕方ないわねぇ。お母さんは、同棲していたと聞いても、そんな物わかりのいい母を演じてみせる。だけど、心の中では、娘はふしだらなことをした、と思うだろう。いくら口に出していわなくても、家には、そんな空気が満ちている。世間のしきたりに従わないのは、悪い娘。その空気が、いい娘、風美子を創りだす。

夕べ、お母さんの夢を見た。お父さんと二人で、風美子の使っていた机をどうしようかと話していた。お父さんが、物置に片づけておこうというのを、お母さんがもう少しここに置いておこうと止めている夢だった。

それは私が子供の時から使っていた机。引き出しや脇板にはべたべたとシールが貼られ、脚や表面は傷だらけだ。私はそこで教科書を開き、帳面を書きつけ、中学から高校まで机にしがみついて受験勉強をした。それは、風美子という、いい娘そのもの。

お母さんは、その机に座って、教科書の文章を目で追いながら、パンツの間に指を突っこんで、おまんこの奥に挟まれた種を揉んでいたことを知らない。

「六四五年、中大兄皇子《なかのおおえのおうじ》、中臣鎌足《なかとみのかまたり》と組んで、入鹿《いるか》を倒す」などという文章を目で追いながら、指先を動かしつづけた。頭の中の歴史と、太腿の奥から伝わってくる痺《しび》れるような波が一緒となり、私の頭から歴史は融けて流れていった。頭のてっぺんまでぱあっと波が広がっていった後、私は指を出して嗅いだ。ヨーグルトみたいな匂いがした。私は机の陰で、そんなことをしていた。

だけど、お母さんは信じていた。娘は、自分と同じものだと。

お母さんのおまんこの奥の種は干からびてしまった。だから、私の種も干からびていると決めてかかっていた。

もちろん世の中は、とんでもない娘たちに満ちている。テレビや週刊誌では、十代の性行為が盛んに話題になっていたし、お母さんだって、他のおばさんたちと、まったくこの頃の若い娘たちときたら早熟で困ったものね、と話していたものだ。だけど、お母さんは、自分の娘だけはその波の外にいると思いこんでいた。いえ、それは違う。たぶん自分の娘だって、その波の中にいると感じてはいた。だけど、知らないふりをした。そんなものは目に入らない顔をしていた。

だから、大学に入り、一人暮らしを始めた私が、明らかに男と寝たとわかるようになっても、やっぱり、そんなことはありえないという顔で会話を続けた。

大学生の暮らしは、どう。うん、けっこう楽しいよ。この前、ゼミのコンパで先輩が裸になって、池に飛びこんでね、おかしかった。その人、男、女。やだ、男の先輩だって。そうよね、まさか女の人がそんなことできやしないよね。

こんな当たり障りのない会話の代わりに、その男の先輩のおちんちん見たの、それよりも、あんた、男の人のおちんちんが硬くなったの、もう見たの。お母さんは、そんなことを聞くべきだったし、私も、先輩のおちんちん、しっかり見ちゃった。あれが硬くなると、全然、違ってくるんだね。そんなことを話すべきだっただろう。だけど私たちは、テレビドラマに出てくるような、陽気で仲むつまじい母娘の会話を交わして、時をやり過ごしているだけだった。

こうして上《うわ》っ面《つら》の会話の内に、私の家の空気は固まっていった。今、私が、テレビドラマの脚本みたいな会話を崩したいと思っても、もうできはしない。それはお母さんがお父さんと一緒に作りあげたコンクリート詰めの家の空気だ。コンクリート詰め殺人というのがあるけど、お母さん、あなたは、家をコンクリートの空気の中に詰めこんでいき、私を殺そうとした。永遠なる、いい娘、風美子として、コンクリートで保存しようとした。私は生きるために、家から出ていくしかなかった。

満男は、二人の女とセックスしている。

こういっただけで、お母さんは即座にいうだろう。女にだらしない男は駄目よ。有名人の離婚再婚沙汰があるたびに、顔をしかめて、まったく、世の中、どうなってるんだか、と一言いわないではいられないお母さんだから。

私だって、最初は、満男が別の女とセックスしていることに苛《いら》ついた。嫉妬した。別れてくれと喚《わめ》いた。だけど、満男は、その女との歴史を考えると別れることはできないという。その女は、満男の子供だって産んでいる。二人は結婚はしていない。満男は子供を認知し、生活費を補助し、そしてその女とセックスを続けている。私はそんなことは赦《ゆる》さないと思った。私だけにして欲しいといった。

すると満男はいったものだ。だったら彼女と別れ、きみ一人だけを恋人にして、また別の気をそそられる女ができたら、きみを棄《す》てて、そっちに行く。それでいいのか。俺は、そんな棄てていく人生は採りたくないんだ。

それに俺は、彼女もきみも好きだ。両方取って、どこがいけないんだ。

私はぎくりとした。川田君にうんざりした時、結婚によって、一人の男だけとセックスしていくと決めるなんてできない、とはっきり思った。だけど逆の立場になると、私は一人の男を求めている。別の女と競争して、満男一人だけとセックスする道を選ぼうとしていた。

なんだ、これ、お母さんの論理だ、と思った。

一人の夫、一人の妻、一組の夫婦。それがお母さんの論理。

お母さん、私、お父さんが別の女の人を好きになった時のことを知っている。お母さん、家を出ると騒いでいた。私がまだ小学校に入ったばかりの時だったから、覚えてないと思っているでしょう。だけど私は知っている。いえ、その時にははっきりとはわからなかった。だけど、後になって、ぼやけていた画面の焦点が合ってきたみたいに、少しずつ理解してきた。

私が覚えているのは、洗濯機にかがみこんで、お父さんのパンツの匂いを嗅いでいたお母さんだ。お母さん、まるで獲物を探す犬みたいだった。おかしなことしてるな、と物陰から見ていた私は思った。それからお母さんは、お父さんのパンツの前のところを束子《たわし》でごしごしこすりだした。その横顔は憎しみに満ちていた。激しい視線で、パンツを焼ききってしまいそうだった。

ずっと後になって気がついた。お母さん、お父さんがよその女と寝た後の匂いを探していたんだと。お父さんの精液の匂いか、相手の女の愛液の匂いか、そんなものを探していたのでしょう。

夜、私が寝たと信じた後、お父さんとお母さんはよく喧嘩していた。

あの女と会い続けるなら、私は家を出ていきます。お母さんはきんきんした声でいっていた。お父さんが、もう会わない、と呟《つぶや》いている。しかしお母さんは信じない。嘘、あなたは、この前もそんなことといって、やっぱり会っているじゃない。電話があったのよ、あなたをくださいっていってたわ。

俺は物か、とお父さんが言い返した。あなたは私と結婚したのよ。愛人を作るなんてひどいわ。お母さんはそう叫んでいた。

次の朝、お父さんとお母さんはいつものように台所で朝御飯を食べていた。お母さんはどことなく機嫌がよかった。お父さんはいつもと同じような調子だった。私は、昨晩の喧嘩は夢だったのだろうかと不思議に思ったものだった。

今ならわかる。きっと、喧嘩の後、二人は交わったのだ。そしてお母さんの怒りは、うやむやに解決されてしまった。

それから、お父さんとよその女の関係がどうなったか私は知らない。だけど、私が中学三年の時、訪ねてきていた良枝叔母さんと、お母さん、二人きりで夜遅くまで話していたね。お父さんは視察旅行か何かで、その晩はいなかった。受験勉強をしていた私は、トイレに行った時に、ふと茶の間から流れてくる話を漏れ聞いた。

家庭を壊さないで、と頼んだのよ。子供もいるんだからって。お母さんの声がした。そしたら最後には、相手の女も納得してくれて、身を引きますって。お母さんの言葉に、良枝叔母さんが、よかったわね、質の悪い二号さんでなくて、と応じると、ほんとにね、とお母さんは相槌《あいづち》を打った。

一人の男と、最初に出会った女は一号、二番目に出会ったら二号。二号は、一号を追いこすことはできない。一号はいつも強い。それが、お母さんの考えだ。

だから満男とのことを聞かれたら、私と出会う前から彼とつきあっている女は一号、私は二号になる。一号は妻だから、私は愛人となる。そして、二号は一号になるために、一号と競争しはじめる。

いつか私は、自分の立場に、そんな順位をつけていた。満男にそういわれたわけでもない。誰かに一号、二号と区別されたわけでもない。なのに勝手に、お母さんの論理で物事を決めていた。家の中の空気のように、いつか私の頭の中も、お母さんの論理のコンクリート詰めになっていた。

だけど、もしかしたら、一号も二号もないのじゃないか。私はそう思いはじめた。

満男には、一人の女がいる。そして、もう一人の女がいる。それだけのことだと思うようになって、私はお母さんの論理から逃れる出口を見つけた。

私には、満男という一人の男がいる。そして、未来には、また別の一人の男がいる。別の一人の男は、一人かもしれないし、二人かもしれない。三人かもしれないし、もしかしたら、零人かもしれない。

それでいいのではないかと思いはじめている。

満男は、一人の男だ。私とセックスをして、時を分かちあう一人の男。満男は私の一号でもない。次に現れるかもしれない男は、二号でもない。

私は、満男と会っていない時、いえ、会っている時も、道で、レストランで、店の中で、周囲の男たちに欲望の混じった視線を走らせる。周囲の男たちの欲望の混じった視線を拾いとろうとする。その欲望の交錯の中で、私は生きることに対する、爆発しそうな期待と興奮を感じる。

お母さんだって、この気持ち、知っているはずだ。女として、外に出た時に感じる興奮。だけどお母さんは、こんな欲望を抑えつけてきた。それは、一人の夫に縛りつけられた妻という名の女には許されないことだから。

だから、もし、私がこんなことをいいだすと、お母さんは、訳がわからないふりをする。わからないふりをするだけならまだいい。全力をあげて、私の言葉を否定しようとするだろう。

それは、おまえのごまかしだ。おまえは愛人に過ぎないのだ。騙《だま》されているんだよ。女が愛せる男は一人。一人の夫に一人の妻。一組の夫婦しか、この世には許されないのだよ。お母さんは、必死になって、自分の世界に私を引き戻そうとするだろう。

私には、お母さんの世界はあまりに大きすぎる。それは、過去の無数の「お母さん」たちによって築きあげてこられた巨大な帝国だから。私一人で立ち向かうことはできない。少なくとも、今はまだできない。

だから、お母さんには満男のことはいえない。ようやく手に入れた私の生き方を、お母さんの論理で傷つけられたくないから。

そうだ、土曜日の話をしようとしていたのだった。これはとってもおかしい話。

車が溝に落ちたりして、私と満男はくたくたになって家に戻ってきた、その夜のこと。帰りにスーパーで買ってきたお総菜を皿に盛って、ビールを飲みながら、ビデオを見た。電気を消してしまった居間の絨毯《じゅうたん》に寝転がって、満男と抱きあっていた。ビデオは、フランス映画だった。パッション、激情、という題名だった。男と女が深紅の色の部屋で裸になって愛撫している光景を見ていると、満男の手が私のシャツの下から忍びこんできて、乳首を弄《もてあそ》びはじめた。私は自分の乳首の疼《うず》きを感じながら、じっと映画を眺めている。

やがて満男が私の首筋にキスをしてきた。私は身をずらせて、満男に抱きついていった。私の太腿の間に満男の太腿が滑りこんできた。私は、その太腿におまんこを押しつけた。そこは熱くて火照《ほて》っていた。満男のおちんちんも硬くなっていた。

「バスタオル、持ってこいよ」と、満男が囁《ささや》いた。

私は月経中だった。しかもまだ二日目だ。釣りに行く車の中で、そのことを告げると、満男は、ちぇっ、と口を鳴らしたものだった。月経中の性交が、どれだけ後始末が面倒なことになるか、私たちは経験ずみだったから、今日はセックスは避けようという暗黙の了解ができていた。

それでも、興奮してしまったものは仕方がない。私はむしろ嬉々《きき》として、風呂場に行って、古ぼけたバスタオルを持ってきて、居間に敷いた。そして、私たちは服を脱いだ。私は血のことを気にしながら、バスタオルの上に横たわった。そして満男のおちんちんを握りしめて、おまんこにあてがった。硬くなったおちんちんが入ってくると、少し火照りが楽になった。満男は、おちんちんを少し入れて、また出した。

「どう」と私が聞く。

「なんとなく、ねたねたしてる」

「そうね」

私の中も、どことなく泥がいっぱい詰まっている感じだ。血とも愛液ともわからないもので、おまんこの中はねっとりしている。だけど、さほど不快ではない。私は足を大きく開いた。

映画は続いていた。フランス語の会話が、居間に流れている。画面のちらちらする光に、居間はぼんやりと照らしだされている。私たちはその異国の言葉の響きの中で交わった。

私の腰の中は、血と愛液の池となったようだった。満男のおちんちんが、それを掻きまぜている。頭の隅で、けっこう血溜まりができているだろうなと思った。私は絶頂感を味わうまでにはいかなかったが、それでも充分に心地よかった。満男がおちんちんを挿《さ》しいれるたびに、子宮の奥から鈍い波のような快感が広がった。

もう血のことは気にはならなかった。私は自分の下半身を満男に押しつけた。おまんこの中の血でもいい、愛液でもいい、そこに湛《たた》えられた液体すべてで、満男のおちんちんを受けいれたかった。満男がセックスしているもう一人の女のことが頭を過ぎった。私はその女と、やっぱり競争しているのかもしれない。だけど、今、この瞬間、満男のおちんちんは私のものだった。私のおまんこは、満男のおちんちんをしっかりとつかんでいた。それだけで、いいのかもしれない、とぼんやり思った。

満男が声を洩らして射精した。

私は、おまんこの中の池が満たされたのを感じた。

映画はまだ続いている。きちんと衣服を着た人々が、ワインを飲みながら、洒落《しゃれ》た会話を交わしている。満男は私からゆっくりと身を引いた。私はバスタオルを見た。血の跡が、こすれたようについていたが、想像したほどのものではなかった。

私たちは早足で風呂場に入っていった。電気をつけて、シャワーの口を開く。湯が勢いよく迸《ほとばし》りでてくる。私が血まみれになっていた太腿の内側を洗っていると、「見ろよ」という満男の声がした。

私は横にいた満男を振り向いた。彼は、自分の下腹部を指さした。

臍《へそ》の下、陰毛の生えているあたりから、おちんちんを中心に、血が丸形に広がっていた。だらりとしたおちんちんも、半分まで血に染まっている。そして、おちんちんの半分先には、血はついてなくて、白々としていた。

それは奇妙な光景だった。おちんちんを中心にした赤い円と、その中心に残る白い円。

「逆さ日の丸だ」と私は呟いた。

「ほんとだ」

満男はおもしろがって、自分のおちんちんの根本をにぎって、ぶらぶらと振ってみせた。白いおちんちんの先が、赤い血の中でくるくると回った。

そして私たちは笑いだした。

「逆さ日の丸だ、逆さ日の丸だ」と叫びながら、私たちはシャワーの水飛沫《みずしぶき》の中で、赤と白の交替した満男の日の丸を眺めて笑っていた。なんだか、とてもおかしくて、私たちは腹がよじれるほど笑いつづけていた。

お母さんは、私たちの笑い声に唱和できない。逆さ日の丸になったおちんちんを、一緒に笑うことはできない。

だから、私は帰れない。お母さんの家には帰れない。

決して、お母さんが嫌いなわけじゃない。憎んでいるわけでもない。家に帰りたくないわけではない。だけど、帰れない。

私と、お母さんのいる家の間には、世界をひとつ隔てたくらいの距離がある。その距離を飛び越すことはできやしない。

わかっている。この距離を作ったのは、お母さんじゃない。もっと大きな、世の流れ、とでもいうものだ。お母さんのせいじゃないし、お母さん一人ではどうしようもないことだ。母と娘の間のこの距離は、もう誰にも埋めることはできない。

これは、私がずっと心の中で、お母さんに出しつづけてきた手紙。お母さんは、これをたびたび受け取ってきたはずです。だけど、私はこの手紙を書かなかったふりをし、お母さんもまた、読んだりしたことはなかったかのように振る舞ってきた。

この手紙は、書かれたけれど、存在しなかった手紙。いつか、この手紙を読む日が来るでしょうか、お母さん。

快楽の封筒

初夏の空に、星が鈍く瞬いていた。田圃《たんぼ》の底で光る水蛇の目のようだ。子供の頃、水の中から、じっとりとした小さな光を放つ水蛇の目を、蛍と間違えて捕ろうとして、田圃に足を突っこんだ。暗い中で、突然、足がねばねばした泥に沈んだ時の感覚ときたら、ぞっとするものだった。

私鉄の駅を降りて、街灯のぽつぽつと灯った道を家に向かいながら、博重はふとそんなことを思い出していた。

あれは夏休み、田舎の祖父母の家を訪ねた時だった。信州の地方都市とはいえ、町で育った博重には、泥に足を突っ込んだ感覚は気持ち悪くて、悲鳴を上げて大騒ぎし、一緒にいた従兄弟《いとこ》たちに笑われたものだった。

すっかり、忘れていたな。

少しふらつく足取りで、住宅街に入っていきつつ、博重は酒臭い息を吐いた。

今夜も、会社の同僚と飲んでいるうちに、終電ぎりぎりになってしまった。週のうち二日は、早めに帰宅して、妻と娘と一緒に夕食を取ろうと思うのだが、やれ取引先の営業員の接待だ、残業だ、同僚に仕事の悩みを聞いてくれだのといわれて、遅くなってしまう。

　博重はのろのろと、住宅やアパートの間に続くなだらかな坂を登っていく。よく手入れされた山茶花《さざんか》の生け垣に囲まれた家、板塀の向こうに年輪を経た桜の木の茂る数寄屋《すきや》造りの家、モダンなコンクリート造りの住宅。酔いにぼんやりした視線で、博重はそんな一戸建て住宅を眺めていった。

　庭付き一戸建ては、入社試験に合格して、サラリーマンとして一生を送ると決めた時から、博重の夢だった。芝の敷かれた洒落《しゃれ》た庭と、小さくても綺麗な家を持つこと。美しい妻と、愛らしい子供がいて、自分の帰りを待っている。そんな将来を頭に描いて、退屈な会社勤めをやり過ごしてきた。

　そうして、願い通りの妻子は持てたが、庭つきの家は、サラリーマン稼業十年目に入る今も高嶺《たかね》の花だ。分譲マンションならば、手に入らないわけではないが、どうせ三十年ローンで一生を繋《つな》がれるならば、庭付き一戸建てであって欲しい。そんな想いがあるから、いつまでたっても賃貸マンション暮らしから抜けられない。

　坂が終わり、マンションの立ち並ぶ一帯にきた。どれもバブル期に一気に新築されたマンションばかりだ。その前は、ここら一面、畑だったと聞いていた。

　そうだ、サラリーマンになる前、中学生の頃の夢は、庭つき一戸建てを持つなんてものではなかったっけ。この一帯が見渡す限り、緑の畑だった頃を想像したとたん、博重は思い出した。

思春期、博重が夢に描いていたのは、牧場主だった。広々とした草原の主になって、牛や馬を飼って、牧羊犬を連れて、馬に乗って自分の土地を駆けることを願った。西部劇映画の影響だった。それが大人になるに従って、牧場の夢は萎《しぼ》んでいき、やがて猫の額でもいいから庭付き一戸建てに住みたいという夢にまで縮んでしまった。そして、その夢すらも、叶《かな》う見通しは立たないままだ。

博重の住む四階建てマンションは、道が再び下り坂になる直前の高台に建っている。もう深夜に近いので、明かりの消えている窓もある。自宅の居間の光が灯っているのを確かめて、博重は玄関ホールに入った。

腹に贅肉《ぜいにく》がつきはじめた身にとって、酔って、四階までの階段を昇るのは辛い。博重は、階段の踊り場に着くたびに、立ち止まって少し休んだ。三階を過ぎた時には、一段、昇るたびに、ふぅっ、ふぅっ、と息をついていた。

俺の人生みたいだな、とちらりと考えた。毎日、仕事に追われて、盆暮れの休みに、やっと一息つく。それで、なんとか次の半階分の階段を昇っていける。残る一生、こんなことを続けて、死んでいくのだ。

やっと階段が終わって、四階の外廊下に出た。青白い蛍光灯に照らされて、灰色のコンクリートの道がまっすぐに延びている。左手には、裏手の畑が広がっているが、深夜だけに底のない中空が口を開いているようだ。右手には、クリーム色の鋼鉄製のドアが並んでいる。

廊下に足を踏みだしたとたん、まっすぐに続く廊下が、一本のとてつもなく長い道に感じられた。闇に向かって延びていく平らな道。それは博重の人生だ。突きあたりに待ち構えているものは、死しかない。

足首あたりに、泥のような薄気味悪い感触を覚えた。腸《はらわた》を黒い手でつかまれた気分になった。博重は足を早めた。四〇一、四〇二、四〇三……。ドアの部屋番号が目の隅に流れていく。

俺の家、家はまだか。

頭の中で、切れ切れの悲鳴が上がる。

死ぬ前に、家に辿《たど》り着きたい。

不条理な考えが脳裏を走る。博重は、四〇四と記された部屋のチャイムを叩くように押した。

「はい」

鏡子の警戒するような声が響いてきた。ちょっと低くて、スエードのように柔らかな声。

博重の足許《あしもと》から、粘りつくような感触が引いていった。

「俺だ」

博重は安堵《あんど》を隠して、短く告げた。チャイムがぷつんと切れた。しばらくして、ドアのチェーンが外される音が聞こえた。錠がカチリと音をたてる。

救われた。

博重の心の中で声がした。

ドアが開いて、鏡子の細面《ほそおもて》の色白の顔が覗《のぞ》いた。眠いのか、ぼんやりした目をしている。それでも口許に微笑みを浮かべて、「おかえりなさい」といった。

「いやぁ、仲間と飲んでたら、遅くなっちゃったよ。そんでも終電には間に合ったぞ」

博重はわざと威勢のいい声を上げながら、玄関によろめくように入ると、揃えられたスリッパの上に、どさんと腰を下ろした。


鏡台の前に座り、鏡子は杏《あんず》色のブラジャーを乳房にあてがった。

この前、彰と交わってから、ブラジャーを身につけるのは二度目だ。

このところ自分でも気がつかないうちに、ブラジャーをつけなくなっていた。幼稚園に美加を送り迎えに行く時や、近所に買物に出る時などは、平気でブラジャーなしで出ていく。つけることを考えただけで、胸のあたりが締めつけられるようで、うっとうしいのだ。

しかし、今日はそうもいかない。南青山で、大学時代の友人の鮎美《あゆみ》と会うのだから。

シュミーズを着て、山吹色《やまぶき》の半袖ブラウスに袖を通し、前ボタンを嵌《は》める。うつむくと、山吹色のふたつの塊がこんもりと盛りあがっている。まるで宝の山のようだった。

肩にかかっていたセミロングの髪の毛をまとめて背後に遣《や》ったはずみに、右手の甲が胸の膨らみの先を掠《かす》めた。痺《しび》れるような感覚が乳首から広がった瞬間、彰の手の記憶と重なった。手袋を嵌めるように、自分の手が彰の手の内に、するりと入りこんだのを感じた。

全身、かっと火照《ほて》り、瞬時に肌が汗ばんだ。

あの時、彰は躊躇《ためら》うことなく、鏡子のこの胸の丸い塊を掌で包みこんだのだ。つかむというより、もっと優しく、まるで撫でるように……。

鏡子はそっと手を乳房にあてがった。

親指の脇に、こりっと立った乳首を感じる。しかし、その指は彰の指だ。彰の指が乳房に触れた時の感触を、鏡子は体験していた。

その感触はどんどんと膨らんでいき、不意に鏡子は彰の全身を内側から感じた。

手の指から肉をこぼれんばかりにさせて、彰を掌で受けとめているのは、どこまでも広がっていくような感覚で男を征服しているのは、鏡子だった。鏡子は、彰の全身を、自分の肉体でいっぱいにしていた。

息が不規則になり、血液がどくんどくんと音を立てて、体内を流れている。

とろけるほどに、気持ちがよかった。

その心地よさの中、最後の交わりの記憶が、鏡子の全身をわしづかみにした。彰の手が、全身を捏《こ》ねまわしているのを感じる。掌が吸いつき、捏ねまわした場所だけが存在しているみたいだ。身にまとっていたものが肉体から少しずつ引き剝《は》がされ、漂うように離れていく。二人を囲むすべてのものの動きが、ゆっくりと速度を落としていく。それでいて、二人の肉体をくっつけようとする力は止むことはない。

気がつくと、男根が内で蠢《うごめ》いていた。太腿の奥が歓《よろこ》びに疼《うず》き、男根のことなどまったく忘れていたその絶頂に、彰の男根は、鏡子の温かな愛液の中に収まっていた。

鏡子は、彰の肉体の動きに呼応するように、体をよじらせ、悶《もだ》えた。彰はとてつもなく巨大な手となった。鏡子の肉体を撫で、捏ねまわす、温かな大きな掌。しかし、彼女の歓びに溢《あふ》れかえる肉体もまたとてつもなく大きくて、その手の内に包みこむことはできない。激しい歓喜の中で、二人の肉体は、捏ねあい、ねじこみあっていた。どちらがどちらにねじこんでいるのか、誰が誰を征服しているのか、理解することは不可能だった。

満潮に乗って沖に出ていく小舟のように、二人は波に乗って運ばれていく。しかし、一気に沖に出ていきはしなかった。お互いの手と肉体でもって、捏ねあい、ねじこみあう力、二人の持ちこたえる力の大きさは目眩《めくるめ》くほどだった。

それでも次第に、鏡子の内なる波は速さを増し、力強い高潮へと高まっていく。時折、風の中でばたばたと翻るスカートの裾のように、自分の内を叩く硬いものの存在を感じた。

だが、それも大きな波のうねりの中にすぐに呑みこまれていく。

鏡子を気が狂わんばかりに歓ばせたのは、乳房がつかまれる時だった。彰は、まるで宝物を見つけたかのように嬉々《きき》として、ふたつの乳房のひとつを選んでわしづかみにすると、力強く捏ねまわした。すると、不思議な力によって、自分の中から目に見えない塊が引き離されていくように思えた。

彰の手は、鏡子の肉体の内なる塊を炎で包みこみ、燃えあがらせ、錬金術のように、新たな物質へと昇華させていった。彰の手の錬金術に、全身でもって共鳴し、鏡子は、別の鏡子となった。感度の鈍い肉体を脱ぎ棄て、快楽の肉体をまとった女に。この錬金術の坩《る》堝《つぼ》の中、二人はひとつの肉体、ひとつの物体を共有しているようだった。

鏡子の乳房の皮膚は絹となった。彰の唇が、絹を吸い、貪《むさぼ》っている。快感のあまり彰は、彼女の肩をつかんでいた手をゆっくりと首筋に滑らせ、爪を喰いこませた。すると、風船に穴が空いた時のように、鏡子の歓びが解き放たれた。一度、放たれた快楽は、もう止めることはできなかった。それは、長々と、滑らかに迸《ほとばし》りでてきて、鏡子は喘《あえ》ぎ声を洩らした。快楽のうねりがやがて穏やかになり、やがて、もう充分だ、という気持ちになると、鏡子の肉体は魔法から醒《さ》めたように、普通の大きさ、普通の物質に戻っていき、快楽の封筒の中に、つまり鏡子の皮の内に落ち着いた。

それでも、彰の男根はまだ満ち足りてはいなかった。快楽の記憶を刻みつけた男根は、硬さを保ちつつ、鏡子を追い求めつづけていた。内をまさぐる男根の動きに揺られながら、鏡子は陶然と微笑んでいた。それは、贅沢さの中の安穏とでもいうようなものだった。

いつまでも待っていられるわ。

鏡子は思ったのだった。

いつまでも……永遠に……。

ことっ。何かがストッキングを穿《は》いた足の上に落ちた。鏡台に置いていた口紅だった。鏡子は我に返った。手の甲が乳首に触れた瞬間から、まるで遠い時を旅してきたようだった。しかし、腕時計を見ると、さして時間は経っていたわけではない。二、三分のことだろうか。

鏡子は気を取り直して口紅を拾うと、鏡台に向かって、化粧を始めた。


『カルチエ・ラタン』のオープンテラスに座って、コーヒーを飲んでいると、目の前を鏡子が通りすぎていった。

山吹色の半袖ブラウスに、焦茶色のスカート、金鎖のチェーンのついたハンドバッグを提げ、ヒールの音を響かせながら、駅のほうに向かっていた。鏡子のお気に入りのカフェであるはずなのに、脇目も振らない。約束でもあるのか、急いでいるようだった。

彰は、合図しようと挙げた手を下ろし、鏡子の後ろ姿を見送った。鏡子が自分に気がつかなかったことを、残念には思わなかった。このカフェでくつろいでいる自分の前を、鏡子が通りすぎていった、そのことだけでほのぼのとした幸福感に満たされた。

カトリックの聖人たちが、天使を見た、といった時、こんな気持ちだったのだろうな、と彰は思った。ただ目にしただけで、とてつもなく幸せな気分に包まれるのだ。

七月の爽《さわ》やかな日だった。赤と白のストライプの日除けを通して、明るい光が滲《にじ》みだし、テラスいっぱいを赤味を帯びた色に染めていた。昼前の通りは、人々が眩《まぶ》しそうな顔をして歩いている。その背後を行き交う車の車体も太陽を照りかえし、輝いている。人も車も建物も、すべてのものがこれから来る本格的な夏に向かって、エネルギーを貯めこんでいるようだ。

彰の人生もまた、生命力に溢れた季節の風を受けて滑りだしていた。広告会社を辞めて以来、生活の糧《かて》をどうやって得るか思案していたところ、美術雑誌の編集者が、コラムを書いてみないかと、持ちかけてきたのだ。その編集者は、広告会社に勤めていた頃に知り合った男で、気が合ってたまに一緒に酒を飲む仲となった。酒の席で彰が話していた美術に関することが、なかなかおもしろかったので、ひとつうちの雑誌に書いてみないかと持ちかけられたのだった。

欧米の美術を見てきた眼で日本に戻ってくると、日本美術に関していいたいことは、山ほどあった。とりあえず、かねがね考えていたこと、ロートレックの線画は、日本の浮世絵の影響である、ロートレックは浮世絵技法を剽窃《ひょうせつ》したのだ、と書いてだした。すると、けっこう反響があって、他の雑誌からも原稿依頼が舞いこんできた。うまくいけば亜矢と共同で借りているマンションを出て、近くに自分だけのアパートを借りる余裕も出てくるかもしれない。まだ充分な稼ぎとはいえなくても、少なくとも無収入の段階から脱しえて、彰は気が楽になっていた。

もっとも、自分の状況に、さほど心配していたわけでもない。これまでもずっと、なんとかなるさと思ってきたし、実際、なんとかなってきた。パリの美術学校《ボザール》に通うようになって二年目、親から借りた金も貯金も底をついてしまい、弱ったなと思っていたら、学校の教授のアトリエで、制作の手伝いをしないかと持ちかけられた。教授のアトリエで知り合った女性画廊主に気に入られて、画廊でアルバイトをするようになった。

それが縁で、日本から美術品の買い付けに来るバイヤーの通訳に雇われたり、展覧会の企画を立てて売りこんだり、日本の会社に、手摺《てす》りや窓枠などのヨーロッパのデザインの写真を撮って送る情報係の仕事を受けたり、芋蔓《いもづる》式に仕事が舞いこんできて、なんとか暮らしていけるだけの金は得られてきた。

期待せずに、無心でいること。そうすれば、向こうから、必要なものが飛びこんでくる。それが、いってみれば、彰の人生哲学のようなものだった。

無心でいると、恋もよく飛びこんできた。いろいろな素敵な女に出会った。だけど、ほんとうに身も心も夢中になった女は、二人しかいない。ロアーとヴィクトリア。しかし、二人とも半年もしないうちに彰の人生から消えていった。

特に何があったわけでもない。喧嘩したわけでもない。お互いに夢中で、輝くような時を分かちあった。ただ一緒にいるだけで楽しく、充実していた。後先のことは、これっぽっちも考えはしなかった。しかし、そんな時は、僅《わず》かしか続かなかった。やがて、透明なほどに自由な二人の間の空気に、影が射してくる。それは、「電話したのに、いなかった」という一言だったり、別れる時の粘りつくような眼差しだったり、ほんのちょっとしたことだ。しかし、そのちょっとしたことの裏に、どこにいたの、誰といたの、どこに行くの、わたしを置き去りにしないで、という声が隠されている。そうなると、彰は息苦しくなる。どんなに愛していても、その窮屈さがたまらなくて、どこかに旅したくなる。そして実際に旅したり、他の女性と親密になったりする。そんな旅から戻ってみると、彼女たちは消えていた。

それでも、彼女たちと過ごした最初の頃の日々は、まるで昨日のこと、いや、ついさっき起きたことのように、彰の内に刻みつけられている。子供時代の至福の時のような、何にも束縛されない、自由で、楽しい充実感だけに満ちていた、神々しい時。

セーヌ河の河畔で抱きあったロアーの柔らかな肉体、イタリアのオリーブ畑で交わった時のヴィクトリアの汗と乾いた草の匂い。そんな記憶が怒濤《どとう》のように蘇《よみがえ》り、彰は一瞬、息を止めた。じいんとした鈍い胸の痛みを感じた。

彰は、カップに黒く澱《よど》んでいたエスプレッソを飲み干した。

どうして、あの祝福された時は、僅かしか続かないのか。どうして、自分たちは、あの自由に満ち満ちた時を、ぶち壊してしまうのか。

彰は空になった白く小さなコーヒーカップの取っ手を触った。そして、今度は、鏡子だけは、ロアーやヴィクトリアのように失いたくはない、と思った。


皿の上に、桜色の鮭《さけ》のテリーヌが載っていた。脇で、フェンネルの黄緑色の細い葉が薄い影を作っている。銀色のナイフでテリーヌを切って、口に運ぶ。滑らかな内にも、ねっとりとした味が広がって、鏡子はゆっくりと咀嚼《そしやく》した。

白いクロスの掛かったテーブルには、青いデルフィニウムの生花。薄手の白いカーテンを通して漏れてくる陽光。冷房の利いた店内のひんやりとした空気。

舌も皮膚も眼も、そこにあるものをすべて楽しんでいた。すべてが、まるで生まれて初めての経験であるかのように、新鮮に感じられた。

向かいの席では、鮎美が喋《しやべ》っている。大きな瞳にボブカットにした黒髪。テリーヌの切れをぱくりと呑みこんでは、夏休みに家族で夫の実家に行く話をしている。舅《しゆうと》姑《しゆうとめ》の前で、いい嫁を演じなくてはならない苦痛を、顔をしかめてこぼしている。

しかし、その話も、鏡子には、BGMのように遠くに聞こえる。

鏡子は、少し肌の荒れた鮎美の顔に、大学時代のルームメイトだった鮎美を見ていた。夜中まで、お互いの恋人ののろけ話を披露しあった仲だった。どちらかが恋人と喧嘩した時には一緒になって憤慨し、仲直りの仲介役となった。鮎美が子供を堕した時に病院についていったのは、鏡子だった。恋人と別れると、男探しと称して、連れだって街に繰りだしもした。もっとも、そんな時は、酒場で愚痴話に陥るのが常だったが。

そして、今は二人とも、大学時代の恋人たちとはまったく別の男と結婚して、子供を産み、主婦に納まっている。大学卒業後、疎遠になっていたが、数年経って、似た境遇となっていることを発見した二人は、交流を再開した。つまり、こうして時々、雑誌に出ている流行《はや》りのレストランを見つけては、お得なランチ・コースをとりつつ、家では喋れないことをぶちまけるのだった。

「ほんと、うちの亭主ときたら、実家に行くと、妙に威張りだすから始末に悪いのよ。お義父さんやお義母さんの前で、いいかっこしたいんだ。そりゃ、息子の面子《メンツ》ってのもあるんでしょうけどね、こっちはえらい迷惑よ」

鮎美が不意に言葉を切って、大きな目を剝《む》きだして、鏡子を睨《にら》んだ。

「ねえ、聞いてんの」

鏡子は真っ白いナプキンで口許を拭《ぬぐ》って、にっこりとした。

「ええ、聞いてるわよ。夫の実家に行くのって、ほんと窮屈ね。わかるわ」

それでも、鮎美は疑り深く前かがみになって、鏡子を見つめている。

「なんだか、今日の鏡子、変だわ」

あら、と鏡子は聞き返した。

「そうかしら……」

「そうよ、変よ。心ここにあらずというか、ぼんやりしているというか……」

ウェイターが皿を下げにきた。鮎美はナイフとフォークを脇に置いて、背筋を伸ばした。

鏡子はグラスに入った水を飲んだ。冷たい水が喉を下っていく感覚が心地よかった。いや、喉ごしの感覚だけではない、感じることすべて、自分が自分の肉体におさまっていることが、とても心地よかった。

「恋、してるの」

鏡子はグラスをテーブルに戻すと告げた。鮎美が唇を丸く突きだした。

「誰と、まさかご亭主じゃないでしょ」

「もちろん、違うわよ……隣の男」
ト、ナ、リ、ノ、オ、ト、コと、いかにも特別なように一音ずつ切って発音することで、鏡子は、身震いしそうなほどの興奮を覚えた。
鮎美は感銘を受けたようで、「隣の男、ねぇ」と、繰り返した。

「で……セックスまでいってるの」

鏡子は誇らしげに頷《うなず》いて、思わず、にやにやした。鮎美が、「ははぁ」と呟《つぶや》いた時、ウエイターがメイン・ディッシュを運んできた。ラム肉の香草焼きだ。ローズマリーの香りが、仄《ほの》かにテーブルに漂った。ウェイターが皿を置いて、遠ざかるのを待ちかねて、鮎美が聞いてきた。

「セックス、いいのね」

鏡子は唇の両端を上げ、桜色の舌をちらりと覗かせた。

「うわーっ、やだ、羨《うらや》ましい」

鮎美が少女のように肩を揺らせた。鏡子はナイフとフォークを取ると、ラム肉を切りながら小声でいった。

「あのね、男の人のあれが入ってくる時って、あんまりいい気持ちじゃないの。緊張するっていうか、まだちっとも体の準備できてない時だったりしたら、ぞっとしてしまうくらい……」

鮎美の顔から、少女のような表情が消えた。

「わかるわ。あれが入ってくるには、タイミングってのが必要かもしれない。体が熟するタイミングみたいなの。でないと、痛くなったりして、最悪」

鮎美は、思い切り顔をしかめた。昔から、やたら表情の豊かな女だった。そんなところは、ちっとも変わっていない。

「だけど、彼とのセックスだと、そんなことがないの。いつあれが入ってきたか、わからないくらい。気がついたら、あるって感じ。それでいて、感じてないわけじゃないのよ。むしろ、体いっぱい、すごく感じてる。まるで、皮膚がぶよぶよになって、体がどんどん膨れあがっていくみたいで……」

言葉ではうまく説明できなくなって、鏡子は、わかるでしょ、というように、顔の横で手をひらひらさせた。鮎美は数学の難問にぶつかった時のように、眉根に皺《しわ》を寄せた。それから、ふっと息を吐き、かぶりを振った。

「いいわねぇ、わたしもそんなセックスをしてみたい。だけど、それには相手が必要だし、亭主とじゃ、もう恋心なんか燃えやしないし……」といいかけて、真剣な顔になった。

「で、亭主はどうすんのよ」

「亭主って……」

鏡子は面食らった。

「あんたの夫、博重さんのことよ」

鮎美はじれったそうに畳みかけた。

彰とのことは、彰とのことで完結していた。博重の出てくる幕はない。彰とのことを話している時は、博重のことなぞ頭から吹っ飛んでいた。

「どうするつもりもないわ。家庭も大切だし……あの人のことは嫌いになったわけでもないし……」

嫌いになったわけではないが、このところ、夫とセックスする気にはならずに、あれこれ理由をつけて避けている事実は、無視した。セックス抜きなら、これまで通り、親子三人でわいわいいいながら食事をしたり、ドライブしたりすることは楽しかった。

「だけど、世の中って、そんなに都合よくいかないんじゃないかしら。いつか、その恋人のことがばれちゃうかもしれないわよ。お隣さんなんでしょ」

鏡子はラム肉を口に運んだ。かりっと焼かれた肉の中は柔らかく、肉汁が滲みだしてきた。

ああ、おいしい。鏡子は半ば目を閉じて、ラム肉の味が口いっぱいに広がっていくのを堪能《たんのう》した。

おいしいものは、おいしい。それのどこがいけないのか。

「考えないことにしてるわ。考えたって仕方ないじゃない」

鏡子は鮎美に微笑みかけた。鮎美は驚いたように、鏡子を見つめていた。鏡子は、その眼差しを浴びつつ、またナイフでラム肉を切って、厳《おごそ》かに口に運んだ。

郵便局の赤いポストが、一本足小僧のように突っ立っていた。博重はポストの前に立って、鏡子に渡された葉書の束に目を遣った。

鏡子が、ワープロで作った暑中見舞いだった。朝顔の絵のプリントまでされていて、活字できちんと『八代博重・鏡子・美加』と三人の家族の名が記されている。やはり印刷された宛名は、二人の共通の友人や実家の両親、兄弟たちになっている。全部で二十枚ほどあった。

鏡子の奴、こんな細かなところで器用なんだな、と思いつつ、葉書の束を投函しようとすると、娘が横から「美加が入れる」と手を差しだした。渡してやると、美加は葉書の束を両手に捧《ささ》げ持つようにして爪先立ち、ポストの口に押しいれた。そして、葉書が底に落ちる低い音に、にんまりした。

「ちょっと公園まで行くかぁ」

博重は声をかけた。美加は、うん、と答えて、博重の手を握ってきた。

日曜日の夕方だった。暑さも鎮まり、微かな風が吹いている。娘と二人で、こうして手を繋いで歩くのは、何ヶ月ぶりだろう。このところ仕事が忙しくて、帰宅は遅いし、週末も家でほとんど寝て過ごしている。美加とゆっくりする時間はなかった。

昨日の土曜日も、部下の結婚式に呼ばれて出席したために、今日は一日中、居間でテレビを見て、ごろごろしていた。夕方になってようやく腰を上げて、外に散歩に出る気になったのだ。鏡子が、ついでにこれを出しておいてと、暑中見舞いの束を渡していると、美加がついていく、といいだした。久しぶりに父子で散歩するのはいいことだ、と博重は美加と一緒に外に出たのを嬉しく思った。

二人は、郵便局の裏手にある小さな公園に入っていった。ツツジの植え込みに囲まれた公園の中にはベンチが置かれ、砂場やブランコ、鉄棒がある。昼間は子供の遊び場となっているのだろうが、夕暮れ時だけに犬を散歩させている老人が一人、中学生らしい少年と少女が鉄棒に寄りかかって、照れたように話しているだけだ。

美加は公園に入ると、博重の手を放して、ぴょんぴょんと飛ぶように先に立って歩いていった。博重はベンチに腰かけた。

二階建ての住宅が公園を囲んでいる。郵便局の入った四階建てのビルが音を遮っていて、道路の車の音はほとんど聞こえてこない。あたりの家々から、食器の鳴る音や誰かを呼ぶ声が、時折、耳に入るだけだ。博重は、スウェット・スーツのポケットに手を突っこんで、背中をベンチに深くもたせかけた。暮れかかった空の縁が街の光を反射して、濁った柿色に染まっていた。

美加が公園をぐるりと一回りして、博重の隣にやってきて座った。

「ここ、ママと隣の小父《おじ》ちゃんと一緒に、花を見にきたよ」

「隣の小父ちゃんって、誰だ」

突然、娘がいいだした見当もつかない男のことに、博重は当惑した。

「四〇五号室の小父ちゃんだよ」

「有森さんの後に入った夫婦のことか」

「うん。このベンチに座って、アイスクリーム、食べたんだ。おいしかったな。それから小父ちゃんに、鉄棒の逆上がりを教えてもらった。美加、うまくできなかったけど、小父ちゃんがお尻を押してくれたら、ちゃんとくるりって回れたよ」

博重は、四〇五号室に住む男を見たことはなかった。彼らが引っ越してきてすぐ、鏡子が、お隣さん、夫婦じゃなくて、同棲しているみたいよ、といったのを朧気《おぼろげ》に覚えている。しかし、その後、鏡子の口から、隣の男について話しているのを聞いたことはない。連れだって公園に花見に来るほど親しいならば、何か自分にいったはずだ。美加の思い違いではないかと思った。まだ六歳の子供だ。たまたま公園で出会ったのかもしれないと考えていると、美加の声が心臓を刺した。

「ママ、隣の小父ちゃんを愛してるんだよ」

博重はぎょっとして、娘を振り返った。美加は父親の注意をそそったことで自慢げに、甲高い声になっていい足した。

「隣の小父ちゃんも、ママを愛してるんだ」

「軽々しく、愛してる、なんて言葉、使うんじゃない」

子供の言葉とはいえ、博重はつい怖い声を出して叱《しか》った。

「愛してる、ってのは、重たい言葉なんだぞ。ちょっと好きだ、なんてのとは訳が違う」

「知ってるもん。テレビで、男の人と女の人がよくいってるし」

博重の体が凍りついた。

美加は自信たっぷりに、にこりとした。

確かに、美加はさんざんテレビの恋愛ドラマを見ている。愛している、という言葉の意味するものを、男と女の間の特別な感情として理解しているかもしれない。その美加の目から見て、鏡子と隣の男が愛し合っているというのだ。もしそれが真実だとしたら……。

腹の底が、ざわざわと掻きまわされるようだった。

そういえば、ここ一、二ヶ月、鏡子はどことなく様子が変わった。やけに優しく、機嫌がいい。それでいてセックスは、疲れたとか、その気になれないとかいって避けるようになった。

妻は、隣の男とできているのではないか。

そんな考えが閃《ひらめ》いたとたん、博重はベンチに、ずぶずぶと尻から沈みこんでいくような感覚を覚えた。


があああっ、という掃除機の音が、居間に響いていた。ベランダに面したガラス戸を開け放ち、鏡子はタンクトップと短い巻きスカートという姿で掃除をしていた。冷房を切っているので、部屋は夏の熱気に満ちている。赤いタンクトップの背中は、汗でべたりとしている。

絨毯《じゅうたん》にも、紺色の革張りの肘掛《ひじか》け椅子にも、ソファにも掃除機をかけた。それから、美加の寝室になっている隣の和室に入っていった。火曜日は掃除の日と決めているので、蒲団《ふとん》は朝から敷きっ放しだ。小さな敷き蒲団とタオルケットを抱えて、ベランダに出た。

白い入道雲の突きだした空が広がっていた。今日も暑くなりそうだった。周囲のマンションの南側の壁面を、太陽がぎらぎらと照りつけ、白っぽく浮きたたせている。

干した洗濯物の間に体を押しこんで、手摺りにタオルケットと敷き蒲団を掛けたついでに、首を伸ばして隣を覗いた。ベランダの間仕切りに、サーフボードや折り畳み椅子が雑然と置かれているのが見えるだけで、もちろん部屋の中までは目が届かない。

それでも、時々、洗濯物を干したり、クッションをはたいたりしていると、物音を聴きつけた彰がひょいと顔を覗かせることがある。しかし今日は何の気配もなかった。

どっかに出かけているのかな。それとも、まだ朝寝と決めこんでいるのかしら。

彰も鏡子も、次にいつ会うか約束はしない。たまたま廊下や道で出会ったり、ベランダで顔を覗かせたりすると、そのままどちらかの家に行ったり、一緒にお茶を飲んだり、散歩したりする。お互い話しあったわけではないが、偶然に任せて、出会った時のときめきを楽しんでいた。

鏡子はベランダから引っ込むと、和室に掃除機を引きずっていった。コンセントにプラグを差しこんで、掃除機の電源を入れた。またもや、があっとけたたましい音が響きはじめた。

博重は首筋に手を遣って、だらだらと流れている汗を、指先で飛ばした。マンション横手の畑の縁だった。春にはキャベツが植えられていたが、今は茄子《なす》畑になっている。波形の大きな茄子の葉の向こうに、外廊下がくっきりと見えた。博重は、土の盛り上がった畑の縁に腰を下ろし、頭にハンカチを載せ、灼熱《しやくねつ》の太陽の下で膝を抱えていた。尻の下では、黒の通勤鞄《かばん》がぺしゃんこになっている。

まったく、馬鹿なことをしているもんだ。

自分で自分を罵《ののし》ったが、博重の体は動きはしない。

こんな滑稽《こつけい》なことをするつもりはなかった。

昨日、いつも通り、会社に出勤しようと、朝七時に家を出た。しかし、駅に向かう足取りが次第にのろくなってきた。

俺が家にいない間に、鏡子は隣の男と密会しているのではないか。そんな疑惑が頭をもたげてくると、もう止めようはなかった。

美加を幼稚園に送っていって、家に戻った鏡子が隣の男に電話している姿が頭に浮かんだ。亭主は出ていったわ、大丈夫よ。鏡子が楽しげに話している。それから、男の部屋に行くか、二人でラブホテルに行くか、俺たちの家に男を引き入れるか。そこからは想像がつかない。想像つかないだけに焦燥も大きく、押し潰《つぶ》されてしまいそうだった。

博重はいつか踵《きびす》を返していた。しかし、のこのこ家に戻って、妻の行状が気になって帰宅したということもできない。しばらくマンションの周囲を彷徨《さまよ》った挙げ句、隣の空家の庭から、茄子畑にもぐりこんだのだった。昨日はそうやって、マンションの外廊下を見上げて、一日過ごした。会社には始業時間きっちりに携帯で電話をかけて、具合が悪くなったので、休ませてもらうと告げた。

鏡子は、美加を幼稚園に送り届けると、買物袋を提げて戻ってきた。そのまま午後になって、美加を迎えに行くまで、家から出てきはしなかった。時折、保険の勧誘か何かの押し売りらしい来訪者がドアの前に立ったが、インターホンで話して、渋々と立ち去っていっただけだった。

四〇五号室から出てくる男の姿も見かけた。野球帽をかぶった三十歳過ぎの男が、気楽な風情《ふぜい》で肩を揺らせつつ、どこかに出かけていった。

昼間から、家でぶらぶらできて、いいご身分だ。女に働かせて、自分は遊んで暮らしているんだ。女を滅多に見ないのは、どこかのホステスで貢がせているせいかもしれない。そんな男と鏡子ができているとしたら大変だと、博重は気が気ではなくなった。

あの男がまた現れて、鏡子のいる四〇四号室のドアを叩くのではないか。そんな妄想に駆られて、博重は昼飯をとるのも忘れて、ただ茄子畑に座りつづけていた。しかし夕方になり、近所の小学校から帰宅時間を告げる、『埴生《はにゅう》の宿』の調べが流れてきても、男は帰ってはこなかった。

博重は夢から醒めたように家に戻っていった。仕事が早めに片づいたので、家族水入らずで夕食をとろうと帰ってきたと告げると、鏡子は無邪気に、あら、よかった、今晩は鉄板焼きをすることにしていたの、大勢のほうが楽しいものね、といった。博重は、自分の疑いが杞憂《きゆう》だったと思い、ビールを二本空けて、いい気分で寝たものだった。

それで、すべては終わったと思っていた。ところが、今朝、家を出て駅に向かっていると、またもや足が進まなくなった。心がマンションにくっついてしまったように、家を離れることができない。

愚かな奴だ。馬鹿め。みっともないじゃないか。

どんなに自分を愚弄《ぐろう》しても、博重の足は、自然とこの畑に戻ってきていた。そして、昨日同様、畑の縁に座って、マンションを監視しはじめたのだった。

今朝も鏡子は、美加を幼稚園に連れていき、買物袋を抱えて戻ってきて、家に引っ込んだままだ。隣の男は、鏡子が戻るちょっと前に家から出てきて、階段を降りていった。そのまま昼になっても帰ってこない。

どう見ても、鏡子と隣の男の間に、なんらかの関係があるとは思えなかった。やはり、二人は何もないのだ。美加の空想話に踊らされただけなのだ。

腹が、ぐるるぅ、と音をたてた。今日も昼飯抜きだった。腕時計を見ると、二時に近い。頭にかぶっていたハンカチを取ると、それで顔や首筋の汗を拭った。

ああ、もう止めだ、止めだ。家に戻って、鏡子に昼飯でも作ってもらおう。具合が悪くて、会社を早退してきたといえばいい。風呂でも浴びて、さっぱりして、鏡子とゆっくりする。家には、美加はいない。もしかしたら、セックスもできるかもしれない。

だいたい、鏡子が最近、セックスを避けるのも、博重自身、疲れ果てているせいだったかもしれない。酒臭くて、酔っぱらっている亭主と寝る気にはなれなかったのだろう。さまざまな理屈を考えながら、博重が腰を浮かせかけた時だった。外廊下の端に、青いTシャツに野球帽の男が現れた。隣の男だ。昼飯でも食いに出ていってたのかと何気なく眺めていると、隣の男は四〇四号室の前で立ち止まった。

おや、と思って、博重の動きが止まった。

隣の男は、四〇四号室のチャイムを押している。

博重は、どさっと通勤鞄に尻餅《しりもち》を突いた。

どうしたのだ。なぜ、あいつが俺の家に行くのだ。やはり鏡子と何かあるのか。いや、回覧板とか、ただの伝言とか、そんなものかもしれない。さまざまな思惑が、洪水のように脳裏に溢れかえった。

四〇四号室のドアが開いた。隣の男が何か話している。鏡子の姿は、男の背中に隠れて見えない。

ほら、用はすんだはずだ。あいつは今にお辞儀でもして引き下がるぞ。

博重は嚙《か》みつかんばかりにして、男の後ろ姿を見つめている。

ところが、なんということか、隣の男は、ドアの向こうに滑りこんでいった。いかにも慣れた感じだった。排水口に吸いこまれる水みたいに、すうっと男の姿はドアの向こうに消えた。

クリーム色のドアが閉まった。

心臓のあたりがじいんと痺れたようになった。立ち眩《くら》みでもしたように、視界がじわっと暗くなった。

しばらくの間、博重は閉まった自分の家のドアをじっと見つめていた。隣の男の出てくる気配はない。その向こうで何が行われているか、想像しようとしても、頭の中は真っ白だ。

博重は、ふらりと腰を上げた。ハンカチが膝から滑り落ちた。しかし、それを拾い上げることも、座蒲団代わりにしていた通勤鞄の存在も、頭から抜け落ちていた。博重はマンションのドアを見つめつつ、畑の横の空家の庭に向かって歩きだしていた。

ドアの向こうに彰の姿を見つけた時、鏡子の体は舞いあがった。見えない第二の体が、肉体から離れて、一メートルも飛びあがったみたいだった。

青いTシャツを着た彰の胸元から、黄色い輝きが差しだされた。よく見ると、ひまわりの花だった。大きく開いた、真っ黄色のひまわりが一本。

花屋で売っているような、ひ弱で上品なひまわりではない。太陽と外の空気をいっぱい吸って、むくむくと太った大輪のひまわりだ。

怪訝《けげん》な顔をしている鏡子に、彰はいった。

「散歩してたら生えていたから、採ってきた」

「生えてたって、道端に生えてるようなもんじゃないでしょ」

ひまわりを受けとって、顔に近づけ、鏡子はからかうように応じた。

「もちろん、垣根の向こうだったけどさ。俺の手、けっこう長いんだ。ついでに逃げ足も速い」

鏡子は、ひまわりの陰で笑いだした。

「冷たいものでも飲んでいかない」

「ありがたき幸せっ」

鏡子は、彰を家に入れた。廊下の突きあたりの居間から台所に引っこむと、いかにも引きちぎってきたかのように、平らにひしゃげたひまわりの茎を包丁で切って、透明なグラスに入れた。彰は台所の入口に立って、そんな鏡子の姿を眺めている。

「掃除していたところなのよ。汗びっしょり」

鏡子はグラスを手にして、彰の横をすり抜け、居間の緑のテーブルに置いた。紺色の革張りの肘掛け椅子に、黄色のひまわりは映えた。テーブルに花を置くために身をかがめると、彰の手が腰をつかんだ。

鏡子の脇腹から温かな波が広がっていった。鏡子は体を起こして、彰に向き直り、彼の腰に手を回した。二人の腹がぺたりとくっつきあった。鏡子の体の前面全体が、ぞくぞくと興奮に湧きたっている。乳房も腹も下半身も吸盤になってしまって、彰にべたりとくっついたようだ。彰は鏡子を強く抱きしめて、唇を吸った。そのまま唇を首筋から、肩へと滑らしていき、腋《わき》の下に顔を近づけて、「雨の森の匂いがする」と囁《ささや》いた。

「汗よ」と鏡子がいうと、「雨の森の匂いだ」と彰が繰り返した。彰は、鏡子の腋の下からタンクトップの胸の膨らみへと、鼻を押しつけている。鏡子は体を反り気味にして、肘掛け椅子に尻をもたせかけた。

少し開いた鏡子の足の間に、彰の腰がするりと入ってきた。彰は唇を吸いながら、鏡子の背中から腰にかけて、力強く撫でていく。

鏡子の手が、彰の股間に伸びた。ジーンズの上からでも、むくりとした膨らみが感じられた。鏡子は男根の膨らみを爪の先でついっと縦に撫で、そしてファスナーを下げた。ジーンズと下穿きに閉じこめられていた熱い男根をつかんで、解放してやる。そして、手で握って、揺すりはじめた。

彰が呻《うめ》き声を洩らして、鏡子の巻きスカートの下に手を伸ばした。パンティの縁をつかんで、するすると下げていく。鏡子は尻を肘掛け椅子の背に載せて、パンティを足から抜いた。開いた足の間に、彰がすぽりとおさまった。男根が、太腿の奥に押しつけられる。鏡子は彰の腋の下に両手を差しこみ、彰の男根を迎えいれようと、体を少し反らせた。

博重は鍵をドアに差しこんで、静かにまわした。鍵を抜いて、ノブを回して、ドアをそっと開く。

まるで、自分が自分でないようだった。夢の中で、誰かが家に忍びこむさまを眺めている感じだ。

玄関に、男物の運動靴が転がっている。履き慣らされ、全体が土埃《つちぼこり》でうっすらと覆われている。博重のものではない。片方の靴が横に倒れているさまは、その男が気楽な気分で靴を脱いだことを示していた。そして、鏡子がそれを赦《ゆる》したことも。

そんな考えが脳裏に浮かんだが、痛みも腹立ちも感じなかった。頭が痺れたようになっていて、思考が形を成さない。

博重は音をたてないよう、ドアを後ろ手で閉めた。空気がぱたんと途切れたのを背後に感じはしても、股間の男根が膨らみはじめていることには気がつかなかった。

廊下の突き当たりの居間から、人の気配がしている。博重は靴を脱いだ。靴下は、汗で異臭を放っていた。いや、足の裏だけではなく、全身から不快な脂汗が流れていた。

博重はじりじりと廊下を進んでいった。

居間と廊下を隔てるドアは半ば開かれている。ドアに近づくに従って、ずんずんと膨れあがっていく男根が、ズボンの前を突っぱらせている。しかし博重は、ちょっと歩きにくさを感じただけだった。博重は意識を廊下の先に集中していた。その先に僅かに開かれたドアの向こうで繰り広げられているはずの光景しか、眼中になかった。

ドアの向こうに、男の背中が見えた。ゆっさゆっさと、うねるように揺れる青いTシャツに包まれた男の背中。男の腰に、ほっそりした手が絡みついていた。手ばかりではない。白い足が、男の太腿の脇からはみだしている。

鏡子の手、鏡子の足……。

博重の脳裏で、そんな言葉が、花火のように光って散った。

妻が、隣の男と交わっている。

博重の足が止まった。全身、目となって、博重は、男と交わる妻を見つめている。

鏡子の甘い喘ぎ声が聞こえてくる。

足の裏から血が抜けていく。まるで亡霊にでもなったように、博重は自分の体がここにないように感じた。

ただ一点、腰の真ん中、男根だけが、やけに熱く、どくんどくんと脈打っている。

隣の男が腰を押しあげると、白い蝶が舞うように、鏡子の手足が揺れる。

「あっ……」

鏡子が小さな悲鳴を上げた。

博重の脳天に雷が落ちたようだった。

妻が絶頂の声を洩らしている。

隣の男に抱かれて、妻が、妻が……歓んでいる。そう思った瞬間、博重の中で大きな爆発が起きた。


「痛いわ」

鏡子は、男の耳に囁いた。男は、さっと腰を引いた。男根がだらりと抜けだした。

「ぼくもだ。この椅子のせいだよ、ぼくのものを入れるたびに、椅子の革がさ、おまんこの中までずりこんでくんだ」

鏡子は目を丸くして、自分の尻を置いていた肘掛け椅子の背を見下ろした。

「つまり、ぼくは鏡子とこの椅子と同時にセックスしてたわけだ。とんだ乱交パーティさ」

「やぁだ」

鏡子は、男の胸を叩いた。そして二人は弾けるように笑いだした。

妻と隣の男の楽しげな笑い声を聞きながら、博重は自分の股間を見つめていた。ズボンに滲みが広がっている。生臭い精液の匂いが立ち昇っていた。

永遠に続くかのような、屈託のない明るい笑い声の中で、博重は、泣きたいような恍惚《こうこつ》感を覚えていた。

この作品は二〇〇三年八月、集英社より刊行されました。

集英社文庫

快楽《かいらく》の封筒《ふうとう》

2006年1月25日　第1刷

定価はカバーに表示してあります。

著　者　坂《ばん》東《どう》眞《ま》砂《さ》子《こ》

発行者　加藤　潤

発行所　株式会社　集英社

東京都千代田区一ツ橋2—5—10

〒101-8050

電話　03（3230）6095（編　集）

（3230）6393（販　売）

（3230）6080（読者係）

印　刷　凸版印刷株式会社

製　本　凸版印刷株式会社

ISBN4-08-746001-0 C0193